아홉 대의
노트북

‖ 이상의=문학 ‖

아홉 대의 노트북

초판 1쇄 발행   2017년 1월 28일

지은이   박명애
편집   김영미
북디자인   정은경디자인

펴낸곳   이상북스
펴낸이   송성호
출판등록   제313-2009-7호(2009년 1월 13일)
주소   03970 서울특별시 마포구 성미산로 5길 72-2, 2층.
전화번호   02-6082-2562
팩스   02-3144-2562
이메일   beditor@hanmail.net

ISBN 978-89-93690-43-9   (03810)

이 도서의 국립중앙도서관 출판예정도서목록(CIP)은 서지정보유통지원시스템 홈페이지
(http://seoji.nl.go.kr)와 국가자료공동목록시스템(http://www.nl.go.kr/kolisnet)에서
이용하실 수 있습니다.(CIP제어번호: CIP2016031637)

박 명 애

장 편 소 설

아홉대의
노트북

이상
북스

차례

1

어제 나는 그와 함께 내몽골 국경지대에 도착했다. 황량한 사막의 바람은 거칠었다. 10월의 내몽골 벌판은 모래입자까지 얼어붙어 발을 내디딜 때마다 발바닥이 쩍 갈라지는 듯했다. 아침에 몽골 파오(包)에서 빌려 입은 중국 해방군(중국 군대의 명칭) 외투가 묵직해 수형자처럼 발을 질질 끌고 걸어가는데, 저만큼 앞서 가던 그가 뒤를 돌아보았다. 그는 해방군 외투를 벗어 오른손에 거머잡고 있었다. 10월인데도 바람은 거칠고 체감온도는 영하였지만 햇살은 따뜻했다. 유리 파편처럼 쏟아지는 햇살에 마음까지 따뜻해진 나는 외투를 벗으려 했다.

"바람이 차. 외투를 입어요."

그는 몽골 초원에 굴러다니는 지푸라기처럼 차갑게 말했다. 겨울 들판의 초지는 바람을 등에 짊어진 채 누군가의 명령에 따라 움직이는 군인처럼 지면을 향해 납작하게 엎드렸다. 나는 잘 길들여진 초원의 말처럼 묵직한 외투를 다시 겉옷 위에 걸쳤다. 두툼한 점퍼 위에 내몽골 국경지대에서 근무하는 해방군 군인의 외투를 걸치자, 내 몸은 인공위성 속 우주비행사 같았다. 게다가 바람막이용 모자를 푹 눌러쓴 탓으로 누가 봐도 나는 변방지대를 거니는 군인 같았다. 내 모습 어디에도 여성스러운 면은 없었고 어려운 책을 읽어대는 번역자의 낌새 역시 조금도 보이지 않았다.

그는 뒤도 돌아보지 않고 바람을 등에 진 채 하염없이 걸었다. 살짝 얼어붙은 노면에 간혹 말발굽이 찍힌 것을 볼 수 있었지만, 인가는 전혀 보이지 않고 누런 초지만이 우리의 발바닥에 짓눌려 비트적거렸다. 뒷짐을 진 채 부지런히 걸어가던 그가 굴러 가는 눈덩이처럼 뚱뚱한 몸체를 뒤로 돌려 내 발걸음을 재촉했지만, 여느 때처럼 일 미터 정도의 거리를 정확하게 유지했다. 그 벌판에서 우리를 지켜보는 것이라곤 누렇게 시들어 버린 초지와 비수 같은 햇살, 군데군데 자갈처럼 쌓인 말똥, 국경지대를 상징하는 철조망뿐이었다. 그 황량한 겨울 초원을 걸어가는 우리 두 사람의 어깨에는 언제나처럼 단단한 철조망이 둘러쳐져 있었다. 타인의 눈이 있든 없든 우리의 철조망은 온 전신을 친친 동여맸고, 철저하고도 정확한 보폭을 유지한 채 우리는 철망을 안고 걸어 다녔다. 물론 그는 중국으로 자주 나오곤 했는데, 용기를 내 우리 가슴을 친친 감고 있는 철조망을 벗겨 낼 생각은 하지 않았다. 여기, 누런 초지가 춤을 추는 몽골 들판에서 내가 쓰러진다면 혹시 그가 두툼한 해방군의 외투를 벗고 내 피부를 마사지해 줄까, 그렇지 않다면 우리 사이의 일정한 간격은 좁혀지기 어려웠다. 우리는 세상 눈치는 별로 보지 않았으나 우리 자신의 이데아의 눈치를 보고 있었는데, 일정한 거리를 유지하지 않으면 우리의 환상, 그러니까 가난한 영혼들이 하나로 합쳐지면 우리의 환상이 깨질까 봐 두려워하고 있었다. 우리의 환상은 책이었다. 그는 저자고 나는 번역자였다.

작가 이형우(李炯雨), 그는 한국 문단의 발자크(H. Balzac) 같은 존재였고 나의 스승이었다. 그는 우울한 영혼의 소유자였지만 겉모습은 단단한 화강암 같았는데, 매일같이 일정한 양의 술을 마시면서 화강암으로 둘러싸인 숨은 자아를 겨우 발견하곤 했다. 하지만 그는 타인들 앞에서 함부로 술에 취하지 않았다. 자기 자신을 뒤덮고 있는 화강암이 두 개 혹은 열 개로 가차없이 쪼개지는 것을 그는 원하지 않았다. 그는 거울 앞에 앉아 혼자 술을 마시는 순간 비로소 옷을 벗었다. 그러나 내 앞에서는 양말도 함부로 벗지 못했다. 그저 바람 부는 방향대로 초지를 밟고 다니는 수행자처럼 그는 나를 의식하지 않고 최대한 거리를 유지하고 성큼성큼 걸었다.

여기, 사람 흔적이라곤 찾아볼 수 없는 삭막한 들판을 걸으면서도 그는 서울에 두고 온 자신의 아내를 떠올리곤 할까? 충분히 가능성 있는 추리였다. 그는 지갑 안에 항상 자신의 아내 사진을 끼워 넣고 다녔는데, 그의 아내는 거의 완벽에 가까운 미모를 지닌 여자였다. 다만 그의 아내는 내가 읽어 대는 난해한 서적을 전혀 읽지 않는 눈치였고, 복잡한 가치관을 상당히 혐오하는 현실적인 여인 같았다. 그가 1년에 서너 차례씩 나를 찾아 중화인민공화국 땅을 밟고 있다는 사실을 그녀가 모르는 것 같지는 않았다. 그는 나와 여행을 하면서도 꾸준히 서울로 전화를 했고, 어제 베이징 호텔 로비에서는 내가 보는 앞에서 손으로 편지를 써서 국제 우편함에 넣었다. 그 순간 나는 아내의 충복으로 길들여진 듯한 내 영혼의 동반자의 행동에 치를 떨었다. 그는 그러니까 자기 아내의 노예였고, 나는 그러니까 그의 노예였다.

나는 열병식에 나선 해방군 군인처럼 절도 있게 걷는 그와 일정한 거리를 유지한 채 등에 짊어진 노트북 배낭 끝을 꽉 부여잡고 바람 부는 방향 따라 일렁이는 초지를 밟았다. 지평선을 향해 묵묵히 걸어가던 그는 간혹 나를 돌아보며 춥지 않느냐, 발이 아프지 않느냐고 물었는데, 나는 그때마다 이 세상이 우리에게 건네주는 사회적 통념의 무게 때문에 심장이 떨린다고 대답하고 싶었다. 그는 한국의 발자크였으므로, 부모와 아내마저 등지고 프랑스 파리 인근의 작은 마을에 살며 익명의 존재로 자유를 누리고 싶다는 말을 간혹 했지만 세상은 그에게 사회적 통념이라는 거대한 족쇄를 채웠고, 자유보다 더 끔찍한 복종의 미학을 주입시켰다. 살아 있는 인간 존재란 결코 사회적 통념으로부터 자유롭지 못했고, 실존의 메커니즘 속에는 환상을 향해 달려갈 수 없는, 너무도 무거운 현재라는 껍데기가 자리 잡고 있어 감히 내적 형이상학을 향해 나아갈 꿈도 꾸지 못했다. 무수한 타인들의 시선으로 뭉쳐진 사회적 통념은 그다지 문제가 되지 않았다. 오히려 자신의 내면에서 불쑥 튀어나오곤 하는 사회적 통념의 중심에, 내면의 온갖 갈등을 잠재우고 자기 완성을 해야 한다는 자기 철학의 기준점이 자리 잡고 있었다.

얼마나 걸었을까? 발바닥에 불이 붙은 듯 아렸다. 발가락 사이에 물집이 생긴 모양인지 발을 떼어 놓을 때마다 물컹거렸다. 그는 뒤를 돌아보며 좀 쉬겠냐고 물었다. 나는 초지를 밟은 발에 힘을 주며 주위를 둘레둘레 살폈다. 목이 말랐다. 벌써 이틀째 황량한 들판을 거니는 동안 그의 배낭에 넣어 두었던 물은 바닥을 드러냈고, 먹을 것이라곤 몇 개 남은 초콜릿이 전부였다. 여름의 국경지대에서는 그 푸른 초원의 유목민들에게 양젖을 얻어먹을 수 있었지만, 겨울 초입의 국경지대에는 그 흔한 양떼조차 보이지 않았다.

한참 두리번거리고 있는데 지평선 저 너머에서 말발굽 소리가 들리더니 검정말을 탄 건장한 사내가 모습을 드러냈다. 사내역시 인민 해방군 외투를 입고 있었는데, 거친 바람과 따가운 햇살에 마모된 피부는 자글자글 주름이 져 청년인지 중년인지 구분할 수가 없었다. 사내는 말에서 내렸다.

"신분증 보여 주세요."

사내는 내몽골 변방을 지키는 소대장이라고 말했다. 우리는 사내에게 신분증을 보여 주었다. 사내는 우리의 여권을 앞뒤로 뒤집어 가며 살펴보더니 거수경례를 했다. 여긴 인가도 없고 날은 저물어 가는데, 두 분이 계속 사막을 걸어갈 거냐고 물었다.

"잠시 쉴 수 있는지 물어 봐. 어디서든 쉬어야겠는데."

나는 소대장에게 막사로 초대해 줄 수 있는지 물었다. 소대장은 환영한다고 말하며 자신의 검정말 고삐를 끌고 앞장을 섰다. 우리는 여전히 일정한 간격을 둔 채 검정말의 뒤를 밟았다. 그는 간혹 고개를 돌려 시커먼 먹물처럼 몰려오는 지평선의 어둠을 주시했다. 어깨는 삐딱하게 기울어졌고 발짝 소리는 묵직했다. 지평선에서 몰려오는 어둠 속에 그가 찾고자 하는 절대적

진리가 갈무리되어 있는 것처럼, 그는 발을 멈추고 새까맣게 물들어 가는 지평선을 향해 헛손질을 하기도 했다. 옆으로 기울어진 그의 어깨가 내 눈을 찌르는 비수처럼 느껴져 나는 몇 번인가 손을 내밀어 두꺼운 외투를 싸안고 싶었다. 하지만 손을 만지작거리다가 말았다. 그가 사회적 통념에 시달렸다면, 나는 거리감을 줍힘으로써 돌풍처럼 몰아닥칠 집착이 두려웠고 거리감의 상실로 인해 잃어버릴 환상이 두려웠다. 때때로 외투를 벗고 그의 피부를 만지고 싶다는 욕망에 시달리기도 했지만, 손을 뻗어 무지갯빛 환상을 거머잡아야겠다는 욕망에 비교하면 아무것도 아니었다. 나의 뇌리 속에는 오색 창연한 중국 철학이 버섯구름처럼 자리를 잡고 있었는데, 그 많은 철학 서적 속에서 내가 얻은 것은 한 글자뿐이었다.

공(空)! 비었구나! 얻으려고 하는 모든 것은 텅 빈 그 무엇이었구나. 물론 내가 중국 철학서들을 내 두뇌로 밀어 넣게 된 동기는 집착 때문이었다. 이 철학서들을 다 구워서, 이 사람의 텍스트를 중국어로 번역해 오대양육대주를 누비게 해야겠구나. 상형문자를 장악하면 소리글자를 장악하게 되는 것이고, 상형문자와 소리글자 중간에 납작하게 짓눌린 이 사람의 자존심을 살려 나의 내면과 새롭게 조우하는 길을 모색해 나가야겠구나. 방법은 그것 하나뿐이라고 생각했다. 그의 텍스트를 들고 마라토너가 되자.

흙벽돌로 쌓아 올린 군대 막사는 아이들의 놀이터 같았다. 소대장이 말을 끌고 막사 안으로 들어가자 한 무리의 병사들이 우르르 달려 나와 우리를 반겼다. 병사들은 한결같이 검게 그을린 얼굴에다 푸르둥둥한 외투를 입고 있었지만, 마치 한국 사람들처럼 허리를 숙이고 인사를 했다. 그들 중에서 고참인 듯한 병사가 내 옆으로 다가오더니 내 등에 멘 물건이 뭐냐고 물었다.

"자살폭탄은 아니겠죠?"

"노트북이에요. 컴퓨터 아시죠? 그것하고 똑같은 거예요."

병사는 궁금해서 못 참겠나는 듯 내 주위를 맴돌았다. 이동하는 작업실인 나의 노트북은 인적 드문 변방으로 오면 사람들의 궁금증을 유발시켰다. 노트북에서 글자가 찍혀 책도 되고 영화가 되며 무지개를 따고 싶다는 나의 환상이 현실화된다고 했더니, 병사는 책을 등에 수북이 인 자세를 취했다.

"요물이군요. 나도 그런 요물을 가졌으면 좋겠어요. 나는 몽골 사람입니다. 중국 혈통이 아니지요. 우리 집은 왕소군 묘역 인근인데, 내 동생이 어머니와 함께 양을 키우고 있습니다. 오백 마리는 되지요. 나도 전역하면 집으로 돌아가 목동이 되어야 하는데요, 목동의 하루는 지루하답니다. 초원 풍경이 아름답다고 감탄하며 찾아오는 여행객이 드문드문 있긴 하지만 며칠 머물

다가 곧 떠나 버리죠. 여행객이 집에서 머물다가 떠나면 저는 며칠씩 드러눕곤 합니다. 저도 여행객처럼 도시도 구경하고 그 웅장하다는 황산(黃山)도 가 보고 싶어요. 그리고 상하이(上海)에서 오셨나요? 제 꿈은 상하이에 한 번 가 보고 죽는 겁니다. 여기 초원은 나를 미치게 하니까요. 그냥 답답해요. 노트북을 저한테 파세요. 손가락으로 찍어 누르면 글이 나온다니까, 제대한 후 다시 목동이 되면 지루할 때마다 찍어 누를게요. 나도 글자를 조금 아니까 상하이에 꼭 한 번은 가겠다는 환상이 이루어질 때까지 노트북을 찍어 누르고 싶어요. 만일 그 노트북을 내게 파신다면 양을 열 마리 드릴게요. 양을 몰고 도시로 가세요. 아니면 이 초원에서 사셔도 되고요. 서로의 환상이 다르잖아요. 손님은 상하이 같은 도시생활에 찌들어 몽골 들판의 초원지대에 무지개를 찾아 말을 달리고 싶을 것이고, 나는 상하이같이 인구 많은 도시로 가서 지하철을 실컷 타고 싶어요. 정말 생각해 봐도 아름답잖아요?"

나는 양을 몰고 다니는 법을 모른다고 답했다. 그리고 노트북을 당신이 소유해도 제대로 사용하지 못하면 폭탄처럼 터져 버린다고 겁을 주었다. 하긴 그가 교환조건으로 내민 양을 내가 몰고 이 들판을 달린다 해도 내 머리 역시 노트북 충전기처럼 뜨겁게 달아올라 조만간 터져 버릴 것이다.

병사의 말이 길어지자 그는 뒷짐을 지고 있던 팔을 풀어 팔짱을 꼈다. 병사는 베이징(北京) 표준어를 구사했지만 간간히 내가 알아들을 수 없는 몽골어를 섞어서 말했다. 나는 병사들이 2년에 한 번씩 고향을 찾는다는 내용만 간략하게 줄여서 통역을 했다. 그는 고개를 끄덕였다.

"아, 괜찮다면 오늘 우리 막사에서 묵으십시오."

병사의 말을 통역하자 그는 망설이지 않고 고맙다는 인사를 했다. 막사에서 소대장이 나오더니 초대소(숙소를 의미하는 중국말)에서 우리를 환영하는 파티를 열겠다고 했다. 그는 좀 난감한 표정을 지었는데, 혹시 초대소에서 도수 높은 고량주를 퍼 먹이고 자신을 겁탈하지 않을까 우려가 된다고 했다.

"병사들이 본능을 어떻게 해결하겠어? 필경 겁탈할 거야."

"고량주 대접하면 기분 좋으실 거잖아요?"

만취 상태가 되어야 긴장을 풀고 선생님 본연의 자아를 드러낼 것 아니냐고 말하고 싶었지만 차마 그럴 수는 없었다. 그는 좀처럼 취하진 않았지만 아주 가끔 늘어지게 마실 때가 있었다. 산둥 성(山東省) 칭다오(青島) 출신의 작가 잉숑(英雄)의 초대로 칭다오에 갔던 지난 봄, 그는 칭다오 당 서기가 부어 대는 술잔을 연거푸 들이키고 식탁에서 영어로 중언부언 떠들었다. "문단의 황제가 되면 고독하지 않다고? 엿 같은 소리하고 있네. 문단의 황제가 되고 나면 우울증에 시달리지. 어이, 잉숑, 당신은 중화 문단의 자존심이 되더니 매일매일 행복하다고? 명성과 더불어 찾아온 행복이라? 당신의 위선 앞에 13억 인구가 웃는구나." 잉숑은 대답 대신 그의 술잔에 육십 도 고량주를 철철 넘치도록 부어 댔다. 그는 술잔을 든 채 쇠창살이 빼곡하게 둘러 처진 창문으로 다가가더니 발로 창문을 걸어찼다. 유리창은 몇 조각으로 갈라졌지만 쇠창살로 만들어진 방범창은 끄덕도 하지 않았다. 그럼에도 불구하고 그는 축구선수처럼 발로 걸어차며 욕을 해 댔다. "젠장, 젠장, 젠장!" 그날 그는 잉숑의 비서에게 업혀 호텔방으로 들어가 잠을 잤다. 그러나 그렇게 취하는 법은 좀처럼 없었고, 더군다나 욕을 하는 경우도 지극히 드물었다.

막사의 초대소는 의외로 넓었고 아담한 무대까지 마련되어 있었다. 통기타를 든 병사가 무대 위로 올라가더니 글렌 핸사드(Glen Hansard)의 〈리브〉(Leave)를 불렀다. 병사의 열창은 무대를 뒤흔들어 버릴 만큼 컸고, 그가 퉁겨 대는 기타 줄에선 불꽃이 일렁거렸다. 나는 병사가 부르는 애절한 노랫말을 따라 불렀다. 그는 조용히, 진정하라며 팔꿈치로 내 옆구리를 툭 쳤다. 나는 조용히 입 속으로 따라 불렀다. 노래를 끝낸 병사가 무대 아래로 내려오자 소대장이 다가와 말을 걸었다.

"노래 한 곡 하시죠. 안 그러면 벌주 있습니다."

나는 그를 돌아보며 노래를 하시겠느냐고 물었다. 그는 말도 안 되는 소리하지 말라며 벌컥 화를 냈다.

"그럼 벌주 있대요. 술 드시겠어요? 아마 육십 도 고량주 열 병은 드셔야 할 건데요."

"노래 불러 봐. 나는 귀를 막든지 할 테니까."

그는 다시 팔꿈치로 내 허리를 툭 쳤다. 나는 소대장에게 한홍(韓红, 중국 최고의 국민가수)의 '청장고원'(青藏高原)을 부르겠다고 말했다. 한홍의 '청장고원'은 가슴에서 우러나오는 애절한 비명이면서도 웅장했다. 무대 위로 올라간 나는 '청장고원'을 부르며 그의 눈치를 살폈다. 팔짱을 낀 채 미동도 하지 않는 그의 태도가 신경 쓰였지만 나는 목청껏 소리 높여 노래를 불렀다. 무대에서 내려오자 그가 나를 뚫어지게 쳐다보았다.

"목청이 그렇게 컸었나?"

소대장이 다시 우리 곁으로 다가와 그에게 노래를 한 곡 해야 한다고 졸랐다. 외로움에 지친 병사들을 위해 한 곡 불러 달라고 사정을 했지만 그는 고개를 절레절레 흔들었다.

"벌주 마시겠다고 해. 마시지 뭐."

소대장은 무대 위로 올라가서 마셔야 한다고 말했다. 그는 젠장이라고 읊조리며 자리에서 일어났다. 그가 무대 위로 올라가자 어른 머리통만한 주전자를 든 병사가 뒤따라 올라갔다. 나는 소대장의 푸른 군복 옷소매를 잡고 흔들었다.

"너무 심하잖아요. 제가 대신 노래를 부르면 안 되나요?"

소대장은 안 된다며 일언지하에 내 말을 거절했다. 그러곤 손님 접대 방식이니 이해해 달라는 말을 덧붙였다. 이 황량한 벌판에서 술에 취한 그가 국경이라도 넘으면 어떻게 하나 싶어 잠시 두려웠다. 국경은 쇠사슬로 친친 감겨 있었지만 술에 취하면 통풍구를 찾아 헤매는 그가 국경을 뛰어넘을지도 모르기 때문이다.

그는 병사가 건넨 주전자를 들고 입 안으로 술을 들이부었다. 한 주전자의 술이 그의 입 안으로 스며들자 무대 아래의 병사들은 박수를 치며 즐거워했다. 그는 비틀거리며 무대 아래로 내려와 내게로 왔다. 그의 얼굴은 붉은 피망처럼 탱탱해졌고, 입가에는 고량주의 입자가 들러붙어 술 냄새가 진동했다.

"좀 쉬어야겠는데… 어, 취하는군. 여기? 우리 집 아닌가?"

"여기는 내몽골 국경지대에 주둔한 중화민국 해방군 군대 막사입니다. 정신 차리세요."

너무 멀리 왔구나. 집으로 돌아갈 길을 잃고 말았군. 그는 중얼거리면서 불안한 시선으로 닭장처럼 생긴 막사 몇 채를 둘러보았다. 그는 쉬고 싶다며 나를 다시 돌아보았다. 나는 소대장을 불러 막사 안에 잠시 쉴 곳이 있는지 물었다. 이미 병사들을 시켜 막사 한 채를 깨끗이 청소해 두었다고 소대장은 말했다.

"청소는 깨끗이 했지만 많이 누추합니다."

나는 괜찮다고 대답했다. 두 명의 병사가 우리 곁으로 달려 와 축 늘어진 그의 어깨를 부축했다. 막사 맨 끝에 자리한 방으로 들어갔을 때 나는 우선 그 초라한 내부 시설에 놀랐고, 바깥보다 더 추운 방안의 냉기에 코가 시려 왔다. 작은 침대 두 개가 벽면을 향해 딱 붙어 있었고 바닥은 검은빛의 시멘트로 포장되어 있었다. 유리창은 없었다. 유리창이 왜 없느냐고 내가 병사에게 물었을 때 병사 대신 이형우가 고개를 들고 퉁박을 주었다.

"추위 때문이야, 바보야."

병사는 방을 나갔다. 그는 오른쪽 벽면에 딱 붙어 있는 침대로 털썩 몸을 눕혔다. 얄따란 담요 하나로는 추위를 견디기 힘들다는 생각이 들었는지 그는 해방군의 그 두툼한 외투를 입은 채 침대 위에 누워 담요를 머리끝까지 당겨 얼굴을 다 덮어 버렸다. 아무 말도 않고 담요 속에서 숨을 쉬고 있는 그의 형태는 흡사 이미 운명한 송장 같았다. 옆으로 다가가 시신을 확인해 볼 겸 머리끝까지 뒤집어쓴 담요를 벗겨 버리고 싶었다. 하지만 마음뿐이었다. 송장이 뿜어내는 질서에 나는 무릎을 꿇어야 했고, 송장이 뿜어내는 도덕적 잣대 때문에 딱 1미터의 간격을 유지해야 했다. 침대는 정확히 1미터 떨어져 오른쪽 벽과 왼쪽 벽에 딱 붙어 있었다. 송장과 이 방에서 밤을 지새워야 하나, 그런 생각이 들자 바깥으로 나가 소대장을 다시 만나고 싶었다. 내가 옆에 없으면 송장은 자유로이 숨을 쉴 것 같았다. 바깥으로 나가려고 할 때 어디선가 늑대 울음소리가 들렸다. 사막에서 유리걸식하는 늑대의 울음 속에는 얼어붙은 대지의 공기를 일순간 쫙 찢어 버리는 위엄이 도사리고 있었다. 바깥으로 나가려던 발길을 돌렸다. 씻어야겠다는 생각을 하면서도 담요 속으로 들어갔다. 그리고 나도 송장이 되어 버린 그 사람처럼 모포를 끌어당겨 머리카락까지 덮었다.

잠이 오지 않았다. 늑대 울음소리는 귀를 때렸고, 어느 막사에서 틀어 둔 텔레비전 소리가 쥐 소리처럼 찍찍거렸다. 을씨년스럽고 너무 추웠다. 몸은 사막에서 굳어 버린 화석처럼 딱딱했다. 나는 자리에서 일어나 그를 바라보았다. 죽은 듯 누워 있었다. 그의 침대 머리맡에는 가로세로 50센티 정도 되는 사각형 전기난로가 놓여 있었다. 나는 난로라도 쪼여야겠다는 생각에 기침을 쿨룩거리며 그의 침대 머리맡으로 조심스럽게 다가갔다.

그가 눈을 떴다.

"어이, 왜 그래? 추워?"

나는 대답하지 않고 몸을 덜덜덜 떨었다. 안전용 쇠창살로 안면이 단단하게 가려진 난로의 열기로는 몸에서 스멀스멀 올라오는 냉기를 가라앉힐 수가 없었다.

"안되겠다. 여기 내 침대로 올라오고. 어디 보자, 내가 저쪽 침대로 가지."

그는 자리에서 일어나 모포를 걷더니 침대 시트를 벗겨서 뒤집었다. 나는 해방군의 외투에 손을 넣고 덜덜덜 떨면서 그의 동작을 지켜보았다.

그가 몸을 일으켜 내가 사용하던 침대로 걸어갔다. 나는 해방군 외투를 벗고 침대 속으로 들어가 모포를 끌어당겼다. 난로 덕분인지 아니면 그의 온기 탓인지 벽을 보고 누웠는데도 몸이 따뜻해졌다. 그러나 순간이었다. 차가운 벽에다 가슴을 붙이고 손가락으로 그림을 그리며 새벽을 기다렸다. 벽을 안은 채 잠을 청했지만 잠은 오지 않았다. 등 너머에서 뒤척이는 소리가 들리긴 했지만 나는 돌아보지 않았다.

이튿날 병사가 막사의 문을 두드리면서 세숫대야를 내밀었다. 세숫대야에는 누런 물이 절반쯤 차 있었다.

"세수하지. 나는 어제 씻었으니까."

그는 모포를 접으며 말했다. 병사가 막사를 나가자 나는 세숫대야에 얼굴을 들이밀고 이목구비를 닦았다. 어제 온종일 초지를 걸은 탓인지 이목구비에 긴 먼지가 세숫대야에 녹아들어

거무죽죽했다. 세숫대야를 들고 막사를 나와 널따란 초지에 뗏국 녹아 든 물을 쏟았다. 병영 진에서 키우는 사냥개들이 사납게 짖어대며 뿌연 아침을 일깨웠다. 세숫대야를 든 채 사냥개가 울어대는 연병장을 멀거니 바라보고 있는데, 소대장이 장교 막사에서 걸어 나왔다.

"잘 주무셨어요? 추우셨지요?"

나는 볼이 얼어 대답을 할 수가 없었다. 그래서 그냥 고개를 숙였다. 소대장은 아침을 먹고 난 다음에 왕소군(王昭君, 기원전 1세기, 중국 4대 미인 중 한 사람)의 묘역을 안내하겠다고 말했다.

우리의 막사로 배달된 아침은 좁쌀과 양젖이었다. 그는 좁쌀 한줌을 움켜쥐어 입 안에 넣더니 잘근잘근 씹었다. 나는 양젖이 담긴 사발을 들고 술처럼 마셨다.

"잠을 설치던데?"

밤을 새웠다는 말은 하지 않았다. 우리는 다시 두툼한 해방군 외투를 입고 막사를 나섰다. 연병장에는 해방군 트럭 한 대가 서 있었고, 일군의 병사들이 총을 든 채 트럭에 타고 있었다. 그는 병사들처럼 트럭에 올라타고 나에게 손을 내밀었다.

인기척이라곤 전혀 없는 지평선에서 거울처럼 하얀 해가 고개를 내미는가 싶더니 누런 초지에 진주 같은 햇살이 쏟아지면서 은회색의 들판이 하루를 시작하고 있었다. 트럭은 달구지처럼 천천히 달렸다. 들판의 초지 군데군데 말똥이 뿌려져 있어 여기가 내몽골인가 싶었다. 말똥조차 없었다면 누런 초지가 아주 쓸쓸해 보일 것 같았다.

　왕소군 묘역에 도착했을 때 해는 중천에 걸려 있었다. 우리는 병사들의 호위를 받으며 왕소군 묘역을 둘러보았다. 지하의 무덤 안으로 들어갈 수 있는 길은 없었다. 다만 누런 초지 위에 시뻘건 담이 고층 아파트처럼 세워져 있었다. 마모되고 찌그러진 고층 아파트 크기의 묘역은 을씨년스러웠다. 그래도 기념사진을 한 장 찍자고 그가 말했다. 그는 내게 묘역의 담에 등을 대고 양팔을 벌려 담을 짚어 보라고 말했다. 나는 그가 시키는 대로 묘역 담벼락에 등을 댔고, 두 팔을 벌려 시뻘건 묘역을 끌어당겼다. 그리고 눈을 감은 채 왕소군이라는 여인을 잠시 상기해 보았다. 해석하는 사람에 따라 많이 달랐지만, 내몽골 도처에 흩어져 있는 왕소군의 비석이나 흔적을 통해 내가 느낀 것은 강요된 희생이었다. 그녀의 유적은 날이 갈수록 늘어났다. 무덤은 도처에 생겨났고 기념비도 우후죽순 늘었다. 마치 수천 년 전의 그녀가 21세기 중화(中華)의 여전사로 재탄생한 느낌이었다. 특히 왕소군은 개인적 사랑 대신 중화의 문명을 선택한 인물로 선전되고 있었다. 중화의 문명을 선택하면 위대한 전사가 되는 것인지, 개인적 사랑은 쓰레기 같은 것인지 나는 명확히 알 수가 없었다.

소대장이 내 옆으로 다가왔다.

"번역한 책을 읽었습니다. 베이징 병영에서 지시가 내려와 보호해 드린 겁니다. 베이징 중앙 정부에서는 요주의 인물로 정한 듯합니다. 도처에 설치된 레이더망에 자주 걸려들고 있답니다. 주의하세요."

나는 누런 초지 위에 서 있는 일군의 병사들을 바라보았다. 그들은 하나같이 어깨에 총을 메고 있었지만 장난감 병정처럼 친근해 보였다. 하긴 위험하다고 해도 어쩔 수가 없었다. 나는 그의 텍스트를 번역해서 들고 다니는 왕소군이었다. 자신의 내부에서 용솟음치는 사회적인 통념의 잣대 앞에서 속절없이 무너지는 그의 영혼을 정화시키는 주술사였다. 선택은 내가 해야 했다. 대륙의 특수부대가 여기저기 포진을 해 나에게 총구를 겨누고 있다고 해도, 나는, 나의 길을 가야 했다.

"요주의 인물이란 상대적인 거잖아요. 나를 지켜 주는 보호막이라고 생각하면 그만이죠."

그러자 소대장은 자신이 특수부대 출신이라고 말했다. 겁을 먹을 필요는 없었다. 나는 왕소군의 묘역도, 군대 막사도 하나의 각본 같다는 생각을 했다.

지평선의 태양은 대장간의 낫처럼 벌겋게 익어 갔다. 몽골의 바람은 여전히 거칠었다. 들판의 초지는 아름다운 무희의 춤사위처럼 흔들거렸다.

나는 소대장과 주고받은 내용을 그에게 통역했다.

"여기 계속 살 거야? 프랑스로 건너가면 어떨까 싶네. 파리 인근에 작은 집이 있어. 세를 주었지만, 필요하다면 사용해. 지금 대륙은 너무 사나운 동네잖아? 프랑스로 가서 계속 번역해도 될 텐데?"

파리 인근의 작은 마을은 그다지 매력이 없었다. 위험이 도사리고 있다고 해도 상하이와 베이징을 중심으로 중화의 허리를 공격해야 했다. 중화인민공화국 출판계의 허리는 휘청대고 있었다. 집 안을 황금으로 도배한 사람들이 넘쳐났지만 그들이 신처럼 떠받들었던 마오쩌둥(毛澤東) 주석의 어록은 폐지로 팔려나갔고, 문화대혁명의 잔재가 고스란히 남아 있는 학계는 책과 담을 쌓고 사는 학자들이 수두룩했다. 물론 중화의 자존심을 살리기 위해 도처에서 안간힘을 쓰긴 했다. 중국 고대철학을 연구한 학자들이 온라인에서 전 세계를 향해 황하문명의 부활을 웅변했지만 조잡한 내용이 많았다. 온라인 강의를 진행하는 학자들 역시 문화대혁명의 잔재로부터 벗어나지 못하고 있었다. 작금의 중화인민공화국에 필요한 것은 진정한 지성을 갖춘, 철학자 같은 존재였다.

나는 한·중 양국 언어 번역자였고, 양국 언어 통역자였다. 이형우의 작품을 번역했지만 상대적으로 그와 세계관이 비슷한 티엔(天)의 작품도 번역했다. 티엔과 이형우는 나이도 같았고, 기이하게 생일도 같았으며, 독일 문학과 프랑스 문학에 뿌리를 두고 있다는 점도 닮았다. 실존주의자이면서 자유주의자였고, 낭만주의자이면서 회색주의자라는 점도 닮았다. 티엔은 중앙당보다는 서방세계의 문화에 관심이 많았고, 이형우는 한국 문화보다는 프랑스 문화에 관심이 지대했다. 문학 역시 마찬가지였다.

　서방세계에서 조만간 중화인민공화국을 교란시킨다는 소문도 나돌고 있었으며, 그 배경이 화교라는 설도 있었다. 현재 중앙당에서 인정하는 최고의 작가는 잉슝이었지만, 잉슝은 지식인의 대표가 아니라 농민의 대표였다. 대표적인 지식인 작가로 알려진 티엔은 중앙당의 정책에 우호적인 사람이 아니었고 자유주의자였다. 하지만 나는 티엔의 텍스트를 번역하는 번역자, 중화인민공화국이 영원토록 유지되든, 소문처럼 서방세계에 의해 교란당하든, 그 문제는 내 문제가 아니었다.

　소대장이 나를 뚫어지게 바라보았다.

　"국적을 바꾸십시오. 그러면 중앙 정부에서 상부상조하자고 제안할 겁니다. 제발 화교 세력의 수장인 작가 티엔과 가까이 지내지 마세요. 그럼 안전을 보장해 드릴 수가 없습니다. 국적을 바꾸면 한국 작품을 번역 출간하기도 쉽고, 안전은 영구히 보장됩니다."

나는 씩 웃었다. 병사들은 훈련을 하는 것인지 기관총의 개머리판을 들고 초지를 향해 겨누었다. 초지는 여전히 바람이 부는 방향대로 일렁거릴 뿐이었다. 어떤 병사가 장난삼아 초지의 말똥에다 총알을 날렸지만 초지는 두려움 없이 바람의 방향대로 움직였다.

"선생님, 걷지 않으실래요?"

"그러지."

나는 소대장의 허락을 받지 않고 발짝을 뗐다. 어차피 심리전이었다. 베이징 중앙 정부에서 우리의 모든 동작을 관찰한다고 해도 두려울 게 없었다. 화교 세력의 수장인 티엔의 추종자들이 풀어 놓은 첩보원들도 우리의 행동을 낱낱이 지켜보고 있을 게 뻔했다.

그는 내 옆에서 혹은 내 뒤에서 하늘을 향해 심호흡을 했다.

"정말 아름다운 고장이로군."

우리는 여전히 일정한 간격을 유지한 채 걸었다. 하염없이.

2

　나의 작업실 맞은편 대로에는 키가 백양나무처럼 큰 고물장수가 버티고 있었다. 고등학교 중국어 선생을 하다가 고물장수로 전업을 했다는 그는 고물을 수거하지 않는 시간을 적절히 이용할 줄 알았다. 한여름 해가 쨍쨍 내려 쪼이는 날에도 그는 고물 수거용 수레에 앉아 줄기차게 책을 읽었는데, 주로 내가 창밖으로 내다 버린 고전들이었다. 장자, 맹자, 노자, 공자, 묵자, 관자…… 고전들은 왜들 자(子) 자 돌림인지 나는 알다가도 모를 것 같아 간혹 창밖으로 무지막지하게 책을 내던질 때가 있었는데, 고물장수는 내가 내던진 책들을 엿 덩어리처럼 받아 쥐고 야금야금 눈으로 읽어 댔다(떠도는 소문이겠지만 그는 책을 실컷 읽기 위해 고물장수가 되었다고 한다). 고물장수는 내가 던진 책들을 공짜로 수거했다는 사실에 마음의 빚이 있는지 옥수수 뻥튀기 한 사발을 작업실 창문턱에 올려놓곤 했다.

한·중 양국의 거장들 소설책도 버렸다. 그들의 소설들은 철학책보다 철학적이었다. 나는 양국 거장들의 소설책에서 철학서의 냄새가 너무 짙게 풍겼기 때문에 버렸다. 혹은 개인적인 감정 때문에 버렸다. 그리움 때문에 버렸고 집착 때문에 버렸다.

내 작업실 창밖에서 아주 여유작작한 자세로 수레에 앉아 책을 읽던 고물장수는 내가 책을 던지는 순간 동물적인 감각으로 책을 낚아챘다. 그는 폐지를 줍지 않고 집집마다 내던지는 책들을 수거했는데, 내던져지는 책이 없으면 수레에 비스듬히 기대앉아 하염없이 책을 읽곤 했다. 그는 책에 빠져들어 독서로 인생을 즐기는 듯 했다. 그 고물장수는 우주를 끌어당겨 자신의 수레에 싣고 다녔다. 생계의 문제가 목전에 닥쳤을 법도 한데 한결같이 정중동의 자세로 내가 던지는 고물 책에 자기 마음의 지도를 그렸다. 고물을 줍는 게 직업이 아니라 고전이라는 텍스트를 새롭게 해석하기 위해 좁다란 수레를 작업실로 사용하는 철학자인 듯 했다. 고물장수는 밥 때가 되어도 책을 읽었고, 수선집 만주족 아저씨가 창문을 열고 내다보며 미친놈이라고 놀리는 순간에도 요동도 하지 않고 책을 읽었다.

고물장수에게 책을 던지는 순간 나는 비로소 스트레스를 풀었다. 창밖으로 공자, 장자, 맹자, 노자, 묵자, 관자를 내던지면 고물장수는 언제나 옥수수 뻥튀기를 내밀곤 했는데, 옥수수 뻥튀기를 씹어 먹는 맛도 고소했고 고독을 교환해 보는 재미도 있었다.

동네 사람들은 나를 비웃었다. 특히 수선집 아저씨는 세탁물을 건네 줄 때마다 책을 버리고 싶으면 싼값에 수선집 아주머니에게 팔라고 잔소리를 했다. 수선집 아주머니는 마작이 취미였는데 하루 종일 마작을 하다 보면 지루할 때가 있어 책이라도 깔고 앉아 명상이라도 해야 하루해가 훌쩍 지나간다고 했다. 대관절 내가 버리는 책을 수선집 아주머니가 이해할 수 있을 것인지 그 문제는 그리 중요하지 않았다. 그녀는 의자 대용으로 책을 사용했다.

한바탕 책을 버린 다음날 상하이수청(上海书城, 중국 남부지역에서 제일 큰 서점)으로 나갔다. 티엔의《헛소리》출판기념회가 열린다는 플래카드가 서점 입구에서 너풀거렸다. 나는 노트북 배낭을 짊어지고 상하이수청 안으로 들어갔다. 신간 코너에는 중화의 베스트셀러 작가 윈(雲)의《어머니》만 진열되어 있고《헛소리》는 보이지 않았다. 둘레둘레 살피며《헛소리》를 찾고 있는데, 상하이미란 출판사 양(楊) 편집인이 팔을 벌리며 달려왔다.

"오랜만입니다. 한국 이형우 작가님의《고독한 사랑》이 외국 소설 코너에 진열되었더군요. 2층에."

나는 고맙다고 인사했다.《고독한 사랑》은 나의 스승 이형우의 대표작으로 존재는 존재를 위해 진정 희생할 수 있는가, 감성은 지성을 뛰어넘을 수 있는가, 안다는 것은 무엇이며 깨닫는다는 것은 무엇인가, 인간은 밥으로 사는가, 인간은 알고자 하는 그 무엇을 알기 위해 존재하는가 등등 몇 가지 복합적인 주제를 내포하고 있었다.

나는 그의《고독한 사랑》을 번역해 중화의 빛으로 만들기 위해 외로운 몸부림을 쳤다. 상하이미란 출판사가 내 작업실과 버스로 세 정류장 떨어진 인근에 있어서 나는 번역한 원고를 들고 수시로 그곳을 드나들었다. 하지만 번번이 문전박대를 당했다. 처음에는 번역 원고의 내용이 일관성이 없다고 문전박대를 했다. 그 무렵 나와 공동 번역을 한 사람은 북한에서 출생했다는 구인기였는데, 상하이날개대학 비교문학과 선배였다. 내가 공동 번역을 제안했을 때 그는 몇 번이나 망설였다. 생후 6개월 때 강보에 싸여 부모와 함께 월중(越中)했다는 그는 한국 문학과 북한 문학을 몹시 싫어했다. 그가 좋아하는 작가는 베이징의 자존심 라오서(老舍)였다. 한국 문학은 구질구질해서 싫고, 북한 문학은 문학성이 전혀 없어서 질색하던 그가 나와 함께 공동 번역을 시작한 이유는 딱 한 가지였다. 내게 아주 묘한 매력이 있다는 거였다.

두 번째로 문전박대를 당한 이유는 상하이미란 출판사 천(晨) 편집장(지금은 베이징삼라만상 출판사 편집장이다)의 심술 때문이었다. 그는 내가 원고를 들고 가면 원고는 제대로 보지도 않고 자꾸 상하이 신천지(新天地)로 가서 술을 마시자고 했다. 상하이 신천지는 유럽식 라이브 카페가 즐비한 동네로 내가 즐겨 찾던 장소이긴 했지만 첫눈에 벌써 느끼해지는 천 편집장의 눈초리를 감당할 수 없었다. 구인기와는 좀 다른 눈빛이었다. 천 편집장은 나를 하룻밤 노리개 정도로 생각했는데, 책을 출간해 주겠다는 미끼로 그 사내는 세계의 번역인들을 낚았다. 그의 낚시질에 걸려드는 서방인 번역자가 적지 않았다. 상하이날개대학의 강사진은 주로 서방인이었고, 그들은 주로 번역 원고료를 받아 생계를 꾸렸다. 나 역시 마찬가지였다. 내 친구 미쉘은 상하이미란 출판사에서 프랑스 현대문학 전집을 냈는데, 그녀는 천 편집장의 느끼한 눈길을 역이용할 줄 알았다.

세 번째 문전박대를 받은 것은 판(范) 편집장 때문이었다. 판 편집장은 외국 문학 담당이었는데, 부인이 한국인이었다. 판은 부인을 통해서 얻은 정보를 내게 들이밀었다. 이형우 작가가 한국 문단에서 거장이 아니라는 거였다. 그는 원고도 읽지 않고 자기 아내가 이형우의 위상에 대해 철저한 조사를 했다는 말만 반복했다. 나는 판 편집장 앞에서 노트북을 치켜들었고, 대리석에다 내리쳤다. 내가 스승의 작품을 선정해 번역하는 것은 내 개인의 감정 때문만은 아니었다. 그러나 한·중 양국 문단은 이런저런 소문의 바구니에 나를 집어넣었다.

물론 나중에 출간되긴 했다. 한국재단에서 출판 지원금을 대주었기 때문이다.

양 편집인과 나는 책과 책이 전쟁터의 병사처럼 열병식을 벌이는 1층을 벗어나 에스컬레이터를 탔다.

"여기 진열한 지 며칠 되었는데 한 권도 나가지 않네요. 출판사 창고에 보관하는 것도 한계가 있는데, 걱정이에요."

"안 되면 일부는 내가 살게요. 학생들에게 주거나 도서관에 기증하게요. 출판사 창고에서 썩히는 건 제 마음이 너무 아파서요."

양 편집인은 눈을 둥그렇게 떴다. 나의 도전적인 행위는 주위 사람들을 황당하게 만들었다. 하지만 어쩔 수가 없었다. 상하이미란 출판사 창고 안에서 썩어 가는 것을 보느니 차라리 내가 나서 처리를 하는 게 낫지 싶었다. 고물장수에게 던져 주든 학생들에게 제공하든 도서관에 투입하든 어쨌든 책의 숨통을 열어 주어야겠다고 생각했다. 내가 번역한 그의 텍스트는 우리들 관계를 엮어 주는 연결고리였고, 하나의 생명체였다. 그의 아내처럼 나는 자식을 얻을 수는 없었지만, 책이라는 생명체를 얻어 그를 내 정신 영역으로 끌어들이고 싶었다.

그의 《고독한 사랑》은 외국 소설 코너 맨 구석에 비딱하게 서 있었다. 나는 비딱하게 서 있는 책을 똑바로 세웠다. 옆에 서 있던 양 편집인이 그런 내 모습을 휴대폰 카메라로 담았다.

외국 문학 코너 옆을 지나 커피숍 안으로 들어갔다. 출판사 식구들과 적지 않은 독자들이 자리를 잡고 있었고, 상하이 방송국 촬영기사가 오른쪽 구석에서 사진을 찍고 있었다. 티엔은 뒷짐을 진 채 웃고 있었다.

"오셨군."

나는 양 편집인과 함께 앞자리에 앉았다.

"제 작품을 읽어 주셔서 우선 감사를 드립니다. 독자들께서도 이제 아시겠지만, 저는 이 작품 《헛소리》에서 미스터리한 인간의 감정을 다루고 싶었습니다. 우리 인간은 미스터리한 감정 때문에 지옥과 천당을 오고 가며, 미스터리한 감정 때문에 사랑을 한다고 생각합니다. 미스터리한 감정에 휩쓸리면 우리는 모든 것을 내려놓고 블랙홀로 빨려들게 되어 있습니다. 설명할 수 없는 미스터리한 감정이란 우리가 늘 찾는 환상일 수도 있고, 존재의 고독을 잊게 해 주는 망각의 접점, 그 찬란한 메커니즘일 수 있습니다. 그리고 이성(理性)이란 미스터리한 감정을 배격하는 진부한 매너리즘이 아닐까 생각합니다. 질문 주십시오."

머리를 뒤로 묶은 여성이 자리에서 일어났다.

"그럼 작가님은 미스터리한 감정이 생기면 그 감정에 충실하세요?"

"당연하지요."

"작가님은 중화의 대표적인 지식인이잖아요? 미스터리한 감정은 개인적이고 정신의 불안정일 텐데, 그런 감정에 충실하면 중화의 정신세계는 쑥대밭이 되지 않을까요?"

"중화는 중화고, 나는 나요. 내가 없는데 중화가 어디 있소?"

여성 독자는, 당신 같은 비생산적인 지식인 때문에 마오쩌둥 주석이 부활해야 한다고 중얼거리며 자리에 앉았다. 북한인 구인기도 자주 그런 말을 했다. 마오쩌둥 주석이 부활해야 썩은 지식인들이 정신을 차린다는 거였다. 그렇지 않고는 빈부 격차에다 부패가 만연된 중국을 되살릴 수가 없다고 말하곤 했다.

그러나 티엔과 그의 수하 세력들은 콧방귀를 뀌었다. 민중 중심으로 제2의 문화대혁명이 일어났다가는 중화가 동서남북으로 찢어진다는 거였다. 찢어지는 순간 동서남북의 작가들이 황제가 된다고 말했다. 농담이었지만 농담처럼 가볍게 듣지 않는 사람들이 많았다. 문화대혁명 이후 지금까지 지속되어 온 중화인민공화국은 정신력과 학문과 철학이 부재했다. 그 때문에 티엔을 중심으로 형성된 중화의 지식인들은 중앙 정부의 수뇌부를 돌대가리들이라고 공공연히 놀려댔다. 그러므로 중화의 지식인들, 즉 티엔과 그 친구들의 세력이 너무도 막강했으므로 예전처럼 추방을 한다거나 납치를 해서 가둔다고 해도 아무 의미가 없었다.

내 옆에 앉아 있던 양 편집인이 손을 들었다.

"작가님은 전형적인 낭만주의자 아닌가요? 미스터리한 감정은 낭만주의자들의 에너지라고 생각해요. 미스터리한 감정이 생겼을 때 비로소 행복하단 말씀이시죠?"

"행복? 그건 돌발적인 발언 같군요. 나는 행복보다는 고독을 사랑하고, 고독보다는 자기 성찰과 연애하지요. 나는 행복이라는 단어 자체가 구차하게 느껴져요. 썩은 사과를 깨무는 맛이랄까. 그런 측면에서 보면 나는 낭만주의자가 아니라 냉소주의자겠지요."

몇 명의 독자들이 연달아 질문을 해 댔다. 그는 간단하게 대답을 해 주고 내 쪽으로 고개를 돌렸다.

"질문 없소?"

"베이징에는 언제 가실 거예요?"

"내일! 왜?"

"베이징 수도 공항에 내리면 행복 파는 가게가 많아요. 행복이라는 단어를 붉은 종이에 정성껏 써서 팔아요. 그걸 사서 지갑에 넣고 다니시지요."

그는 알았다고 말했다. 비쩍 마른 몸에서, 주근깨가 다닥다닥 돋은 얼굴에서 '행복'이라는 관념을 몰아내는, 미스터리한 환상에 시달리는, 존재의 무게가 느껴졌다. 중화의 자존심이라는 왕관도, 중화 문화계의 대표적인 지식인이라는 포장지도 그에겐 껍데기였다.

사인을 해 달라는 독자들이 몇 명 있었지만 그는 거절했다. 그는 책에다 자기 이름을 사인하는 것을 별로 좋아하지 않았다.

"갑시다. 맞은편에 찻집 있던데? 우울증 약은 챙겨 드셨소?"

그는 독자들이 듣는 자리에서도 거리낌 없이 말을 했다. 그리고 양 편집인이 내게 우울증이 있느냐고 묻자 내 대신 대답도 했다.

나는 우울증 때문에 상하이 한인 사회에도 발을 들여놓지 못했다. 상하이 한인 사회는 말이 많았다. 작은 부족 사회 같았다. 중국인들과 사귄다는 것도 한인 사회의 뉴스감이었다. 나는 도마 위에 오른 갈치 토막 같았다. 하긴 주술사 같은 나의 행동이 그들에게 두려움을 안겨 줄 수도 있었겠다. 내 품에는 언제나 두꺼운 철학 책이 안겨 있었고, 사람들의 시선을 아랑곳하지 않고 아무데서나 책을 읽었기 때문에 나는 수다를 좋아하는 사람들의 총알받이였다. 나는 옷을 입지 않은 떠돌이 낭인 같았고, 나를 둘러싼 한인 사회는 굴러다니는 수다쟁이 전차였다. 전차는 폭탄을 만들었고, 그들 사회에서도 상류층이라는 게 있어서, 유리걸식하며 번역을 해대는 나를 볼모로 붙잡고 진부한 일상에서 벗어나고자 했다.

신앙생활을 하지 않는다는 것도 조롱거리였다. 만일 내가 무신론자가 아니고 상하이 연합교회에 열심히 다녔다면 상하이 한인 사회의 성실한 일원으로 대접을 받았을까? 그건 알 수 없었다. 나에겐 우울증이라는 병마가 늘 붙어 다녔으므로. 나는 우울하지 않아도 우울한 척 했고, 우울해도 우울을 드러냈다. 우울증은 이 세상으로부터 나를 숨겨 주는 비밀의 방을 제공했다. 그 방에서 나는 책을 읽고 번역을 했다. 그 방에서 나는 나의 내면을 비춰 주는 다면경을 만들어 나갔다. 나의 다면경 속에는 내가 그리워하는 사람의 얼굴이 보였다.

찻집에 도착하자 그는 내게 의자를 내밀었다. 찻집 벽면에는 루쉰(魯迅)의 사진과 작품집이 빼곡하게 진열되어 있어 그의 기념관에 들어온 듯 했다. 서점 코너에 자리를 잡은 찻집에는 녹차 향내보다 책 냄새가 풍겼다. 앉아 있는 손님들의 손에는 책이 들려 있었는데, 베스트셀러 작가 원의 《어머니》가 눈에 띄었고 간간히 《헛소리》도 보였다. 이형우의 작품을 쥐고 있는 손님도 한 명 있었다. 나는 그 손님에게 다가가 이형우 책을 선택한 이유를 묻고 싶었지만 참았다.

"이형우 작가하곤 자주 연락하시고?"

"네. 두 달 전에 같이 몽골 여행 했었어요."

이형우, 나는 그의 이름을 떠올릴 때마다 나무 위에 둥지를 틀고 있는 까치를 연상했다. 최근 내가 중국어로 번역하고 있는 《잃어버린 환상》의 주제는 인류사의 패러다임을 재편성한다는 고색창연한 주제를 내뿜고 있었지만 그것은 표면일 뿐 결국 사랑 얘기였다.

"지금도 거리 유지 계속이오?"

"네. 언제나."

"서로 고문하는 즐거움을 누리는 거요?"

나는 고개를 끄덕였다. 중화의 자존심은 예리한 시선으로 나의 내장을 후벼 팠다. 예리했지만 티엔의 시선은 여전히 불안했다. 내게서 무엇을 갈구했을까? 티엔과 이형우는 양국의 거장이었고, 기이하게 거의 쌍둥이처럼 닮아 있었다. 나를 바라보는 시선도 비슷했다. 문학적 바탕도 비슷했고, 독서의 깊이도 비슷했다. 다만 이형우의 한마디는 스승의 말처럼 뼈아프게 들렸지만 티엔의 말들은 농담처럼 들릴 때가 잦았다. 티엔은 간혹 내게 치명적인 아름다움을 지녔네, 빼어난 지성미가 영혼을 흔들어 놓네 등의 표현을 했지만 나는 그런 그가 징그러웠다. 내겐 이형우가 있지 않던가? 중화 정신세계의 중심으로 자리를 잡고 있는 티엔이 나 때문에 자기 가정을 폭파해 내게 달려온다고 하더라도 내 마음이 바뀔 순 없지 않은가? 최소한 나는 한국인이니까. 하긴 꿈을 꾸면 나는 중국인이 되어 있었다. 꿈이 인간의 잠재의식을 반영한다면 나는 분명 중국인이어야 했다. 그러나 낮이면 나는 한국인이었다.

"송장 되는 연습하는 거예요."

"이미 송장 아니오?"

그때 커피숍 천장에 거꾸로 매달려 있던 입체 조각상 하나가 와인 잔이 진열된 테이블로 떨어져 내렸다. 천장에 걸려 있을 때의 입체 조각상은 하나의 몸체에 스물네 개의 팔다리가 달려 다채롭게 움직였다. 그런데 천장에서 떨어졌을 때의 조각상은 팔과 다리는 두 개씩이었고 망가진 머리도 하나였다.

나의 내면에도 팔과 다리가 스물네 개씩이나 되는 복잡한 자아가 살았는데, 그 복잡한 자아를 잠재워 준 존재가 바로 이형우였다. 내 마음을 내가 잘 다스리면 우리는 조우하지 않아도 만나는 것이며, 나의 산책길에도 손오공처럼 나타날 거라고 그는 달랬다. 가끔 일을 손에서 놓고 부지런히 산책을 하며 나무와 돌과 대화하는 습관을 들이면,《산해경》(山海經)의 도깨비처럼 느닷없이 나타나 일정한 간격을 유지한 채 걷겠다는 말도 했다.

　그도 저도 아니면 책이 되어 나타나겠다고 했다. 사회적 통념이 우리 사이의 장벽으로 나타나 통념의 바다에서 곡을 한다고 해도, 그가 한 권의 책이 되어 내게 나타나면 나는 또 그럭저럭 버틸 수 있었다. 어차피 당신이 당신 마음을 다스리는 것이지, 내가 당신 마음을 다스릴 수는 없는 일. 내가 한 권의 책으로 당신 곁에 나타나 활자로 대화를 한다고 해도 용서하시오. 그런 문장도 국경 너머로 건너왔다. 책 속에 그런 문장이 꼬물거리고 있었다. 그는 내게 차돌 같은 스승이었다.

　내가 중화로 유학을 온 근본적인 이유는 나의 스승 이형우의 작품을 중국어로 번역해 오대양육대주를 마음대로 돌아다니게 하자는 거였다. 그런데 그의 작품 번역에 빠질수록 내 조그만 작업실에 놓인 나무로 만든 관은 두툼해졌고, 객관적인 감정을 뛰어넘어 주관적인 감정을 지니게 되었다. 이형우는 나를 완전히 이해하지 못했지만 그의 책은 나를 이해했다. 책은 온전히 이해해 주는 유일한 친구였다. 그래서 읽어 댔다. 보편타당성 있는 사고가 자기 사유의 전부였던 전 남자친구와 마찰을 일으킬 때도 책을 읽었고, 이형우에 대한 그리움이 가슴을 후려칠 때도 책을 읽었다.

하긴 지독한 책벌레가 된 계기는 물론 아버지의 죽음으로부터 시작되었다고 할 수 있다. 철학 교수였던 내 아버지는 술에 절어 살았다. 빼어난 용모를 지녔던 그는 술에 취하면 강으로 들어가 몸을 수그린 채 강바닥에 가라앉은 달을 따겠다고 허둥거렸다. 간혹 달이 그의 손에 잡혔는지 강물 속에 풍덩 빠져서 일어날 생각을 하지 않았다. 내 어머니는 대단한 생활력을 지닌 맹렬 여성이었는데, 서울 시내를 이 잡듯이 뒤지고 다니며 행상을 한 여장부였다. 어머니는 아버지의 고독이나 입장은 고려해 본 적이 없었다.

내 아버지는 내가 중국으로 떠나오던 해, 강바닥에서 달을 따다가 물살에 떠밀려 일어서지 못했다. 아니 정확하게 표현하자면 일어나지 않았다. 나는 아버지의 송장 앞에서 끔쩍이도 많이 울었다. 눈에서 눈물이 떨어지는 게 아니라 핏덩어리가 쏟아졌다. 아버지의 송장 옆에는 그가 강물 속으로 뛰어들던 순간까지 읽었던 《장자》가 놓여 있었다. 나는 그 징그러운 《장자》를 붙들고 아버지의 주검 옆에서 꺼이꺼이 통곡을 했다. 어머니는 시끄럽다고 소리를 빽 질렀다. 그녀는 얼마나 생활력이 강한지 내 아버지의 주검 앞에서도 행상을 나섰다. 내 어머니의 아카시아 꽃은 당신의 아들이었다. 그녀의 아들은 아버지의 주검을 목격한 후로 입을 딱 다물고 말을 하지 않는 버릇이 생겼다. 그는 반

벙어리가 되었다.

나는 점점 더 책에 빠져들었다. 서재 한 귀퉁이에서 책을 땅땅땅 못질을 해 관을 만들어 그 속에 눕기도 했다. 그 때문에 나의 전 남자친구는 나를 미치광이 취급했다. 화교 상인의 아들로 태어난 그 남자친구와는 오래가지 못하고 헤어졌다.

양국 언어를 통역하고 번역해 나의 아버지 같은 존재, 이형우의 작품을 세계 제일로 만들어 보겠다는 야심은 때때로 무거운 짐이었다. 반기는 사람이 있다면 집으로 돌아가고 싶기도 했다. 아버지가 있었다면, 그 든든한 울타리가 있었다면 집으로 돌아가고 싶었다. 하지만 생활력이 너무 강했고, 자기 아들에 대한 사랑으로 버거운 인생을 살았던 어머니는 내가 집으로 들어가겠다고 하면 죽일년이라고 욕을 해 댔다. 심장에 버섯구름 같은 애증을 피우면서 나는 내 스승에게서 아버지의 철학과 이미지를 얻고자 갈망했다.

커피숍의 사람들은 가볍게 동요했다. 불상 하나는 떨어져 내렸지만 천장에는 아직 아홉 개의 다면상이 꼭두각시 인형처럼 움직여 댔다. 천장의 불상은 하나에서 둘로, 둘에서 넷으로 바뀌는가 싶더니 결국 열한 개의 얼굴을 드러냈다. 티엔은 간혹 천장을 향해 헛손질을 해 가며 중얼거렸다.

"베이징 오면 나하고 마라톤 합시다. 이형우 작품에만 매달려 있지 말고. 독특한 세계관으로 그대만의 우주를 달래시오. 번역하지 말고 창작을 하라니까."

나는 고개를 가로저었다. 나의 우주는 이형우에게 있었고, 나의 마라톤은 그를 위한 질주여야 했다. 그것만이 악몽에서 벗어날 수 있는 길이었고, 미친 자아를 잠재우는 비결이었다. 중국 철학으로 다져진 나의 세계관은 간혹 이형우의 거울이 되기도 했는데, 그에게는 광기가 없었다. 지극히 정상적인 자아를 가진 사람이었다. 나는 나의 광기마저 그에게 건네주고 싶었다.

"버지니아 울프 닮았다고 내가 얘기했잖소? 당신의 광기를 숨기지 말고 뱉어 내시오. 번역은 뱉는 게 아니라 짓눌리는 거지. 광기는 짓눌리면 위험하오. 폭탄처럼 가슴 한가운데 자리를 잡고 있다가 터져 버리거든. 그리고 이형우 작품에 목을 매지 마시오. 그 작가는 필경 자기 관리에 철저할 거요."

나는 천장으로 고개를 돌린 채 입체적으로 움직이는 티베트 불상의 자태를 바라보았다. 열한 개의 얼굴을 지닌 티베트 불상은 수십 개의 팔을 감추었다가 내밀곤 하면서 찬란한 시선으로 사람들을 내려다보고 있었다. 내게 다가오는 티베트 불교의 이미지는 내 아버지였다. 그는 티베트의 경전《사자의 서》중국어 판을 침대 머리맡에 올려놓고 잠을 잤다. 내가 아주 어렸을 때부터 아버지는 죽음에 대한 동경이 있었다. 시골 집 강변에는 한여

45

름 내내 밤만 되면 피어나던 달맞이꽃밭이 있었는데, 아버지는 마치 티베트인들이 기도할 때처럼 달맞이꽃밭에 납작 엎드려 같은 말을 반복하곤 했다. 방학을 맞이해 우리 집에 놀러왔던 학생들도 아버지처럼 나부죽하게 엎드려 땅 냄새를 맡았는데, 어린 시절 나는 그들이 얻고자 하는 것이 과연 무엇이었을까 궁금했다. 나중에서야 그것이 삶과 죽음의 세계를 넘나드는 신천지의 발견이라는 것을 깨달았다. 내 아버지도 나처럼 책을 버리곤 했다. 아버지의 연구실에 진열된 책은《장자》와 니체의《짜라투스트라는 이렇게 말했다》두 가지뿐일 때도 있었고,《장자》와《짜라투스트라는 이렇게 말했다》조차 발기발기 찢겨 부엌의 땔감으로 사용해 버릴 때도 있었다. 그러면 어머니는 "저 귀신, 저 망할 놈의 귀신"이라고 야단을 쳤는데, 아버지와 엄청난 갈등이 있어 귀신타령을 하는 게 아닌 듯했다. 아버지는 어린 내가 봐도 귀신이었다.

하여간 두 사람은 대화다운 대화를 하지 않았다. 아버지는, 내 어머니보다는 벽과 대화하는 습성을 길렀다. 아버지의 절친한 친구는 벽이었다. 벽 앞에서 만취한 채《짜라투스트라는 이렇게 말했다》를 읊조릴 때 어머니는 이렇게 말했다.

"그만 죽어! 내 발목 붙잡지 말고. 저승사자는 도대체 뭐할까? 저 귀신 안 잡아가고."

어머니는 무학이었지만 철학 교수인 아버지를 쥐고 흔들었다. 어머니의 철학은 강인한 모성애에 뿌리를 두고 있어서, 벽하고 대화하는 허무주의자였던 아버지가 당할 재간이 없었다.

"제가 할 수 있는 일은 번역밖에 없어요. 이형우 선생님의 작품을 번역하면서 제가 정신적으로 건강해지는 측면도 있고요. 악몽으로부터 벗어나게 하니까요. 저는 늘 악몽에 시달려 왔거든요."

티엔은 어깨를 으쓱거렸다. 그때 내 주머니에서 전화벨이 울렸다. 짊어진 배낭을 내려서 휴대폰을 꺼냈다. 한국 서울의 남동생이었다.

"잘 있어?"

"응."

"건너올 생각은 없고?"

전화기 속에서 고층 아파트의 벽과 벽 사이에서 울어 대는 듯한 바람소리가 들렸다. 나는 벌써 5년째 한국에 가지 않았다. 스승의 작품을 번역해야 했다. 한국으로 들어가면 작업실이 있는 것도 아니고, 또 15년 중국 생활에 익숙해져서 한국 거리를 걸을 자신이 없었다. 어쩌다 건너가 보면 한국 서울의 시민들은 하나같이 씩씩한 병정처럼 현실을 가볍게 들고 다녔다. 하지만 동생은 보고 싶었다. 아버지의 죽음 그 후로 나는 고독을 기꺼이 즐겼다. 그러나 동생은 여전히 외로움을 타는 듯했다.

"어머니는?"

중국 생활이 길어지면서 어머니가 붙여 준 내 호칭은 '중국 년'이었다. 굳이 부정하고 싶지도 않았다. 나는 '한국 년'이 될 자신이 없었다.

"잘 계셔. 한번 건너와."

전화기의 바람소리가 그쳤다.

티엔과 나는 작은 테이블을 사이에 두고 마주보면서 앉았다.

"이형우 선생이오?"

나는 동생이라고 대답했다. 그는, 제발 이형우 선생의 그늘에서 벗어나라고 말했다. 나는 웃었다. 티엔은 내게, 쓸데없는 족쇄를 차고 있다고 하면서 순정에 목숨을 내걸고 있는 바보라는 표현을 썼다. 티엔의 마음이 커다란 주사바늘처럼 내 피부를 뚫고 혈관 속으로 스며들어 치명적인 통증을 불러일으켰다. 하지만 나는 곧장 이형우의 표정을 떠올렸고, 정확한 거리를 유지하며 스텝을 밟았던 내몽골 초지를 상기했다. 동시에 잠시 딴생각을 했다. 중화 정신세계의 중심인 티엔에게 마음을 연다면, 어쩌면 나에게 위선일망정 행복이 주어질지 모른다는 생각을 해보았다.

어쩌면 중화인으로 살면, 이형우의 책을 들고 오대양육대주를 달려가는 진정한 말이 될지도 모른다. 그러나 그것은 환상일 뿐 우리들의 진정한 무지개가 될 수는 없었다. 우리는 정확한 보폭을 유지하며 균형을 유지해야 하는 숙명을 타고난 사람들이었다. 우리들 감정에 주문을 외우면서 스스로 자신을 죄인으로 몰아세우며, 폭풍우 몰아치는 세상이라는 거대한 범선의 한 귀퉁이에 매달려야 했다. 간혹 다음 생에 만나자는 말도 해 가면서. 다음 생애에는 사람으로 태어나지 말고 한 쌍의 뱀으로 태어나자고 말하면서, 초원의 무지개를 향해 걸어가자, 걸어가자, 걸어가자 했었다.

"우리 다 가장무도회의 춤꾼들 같네."

"인생이 원래 가장무도회 아닐까요? 일부러 가장하는 사람들도 있을 것이고, 가장해야만 견딜 수 있는 사람들도 있을 것이고, 숙명적으로 가장무도회의 주인공이 되어야 하는 사람들도 있겠지요."

그는 테이블에 놓인 내 노트북을 만졌다.

"작업실을 베이징으로 옮길 생각 없소?"

"아직은 상하이에 있고 싶어요. 익숙해졌거든요."

"어쨌든 셋이서 함께 만나는 기회를 더 마련합시다. 방법이 그것밖에 없는 것 같잖소?"

티엔과 이형우는 세계문학포럼 행사에서 다섯 차례 조우한

적이 있고, 지난 해 베이징 라오서차관(일명 노사차관)에서 만나 국화차를 마셨다. 라오서차관은 20세기 베이징 문단의 자존심이었던 라오서의 문학세계를 기념하는 찻집이었는데, 찻집 내에서는 그의 작품《차관》이 늘 공연되고 있었다. 나의 스승 이형우는 왕궁처럼 화려하게 꾸며진 찻집 내부를 훑어보면서 몇 번인가 중얼거렸다.

"부럽군, 부러워. 문인을 기념하는 찻집이 이렇게 웅장할 수 있다니!"

내가 그의 말을 티엔에게 통역하자 그는 이형우의 어깨를 얼싸안았다.

"시작은 지금부터요. 우리 마라토너가 됩시다. 어이! 버지니아 울프 선생, 선생은 라오서가 소설가라기보다 번역가였다는 사실을 명심하시고 우리들과 박자를 맞추시오. 루쉰보다는 라오서를 좋아한다고 하셨던가? 라오서의《낙타상자》에 오르시오. 그대 사부를 위해 혹은 그대 자신을 위해. 루쉰의《광인일기》는 버리시고. 책 버리는 게 취미 아니오?"

그들은 라오서차관의 찻집에서 국화차를 마시며《이방인》을 얘기했고,《백 년 동안의 고독》을 노래했다. 차관의 국화차 향기가 우리의 코를 찔렀고, 어디선가 들리는 경극 소리가 귀를 간질였다. 국내 작가들과 대화를 하는 것보다 가슴이 확 뚫려 티엔은 즐겁다고 했다. 이형우 역시 오랜만에 행복한 표정을 지었다.

"버지니아 울프 선생, 제발 껍질을 깨시고. 이형우 선생은 그 대 없어도 잘 지낼 수 있을 거고."

티엔은 목소리를 약간 높였다. 목소리에 벌판을 헤집고 다니는 바람소리가 섞여 있었다. 이형우는 나의 가슴을 저미게 하는 인연이었지만, 그는 나의 등이 되고 거울이 되던 존재였다. 이형우에게 느끼는 감정과는 또 다른 동질감이었다. 우리는 10년간 수많은 메일을 주고받았다. 밑도 끝도 없는 언어의 나열이었다. 나는 편지를 길게 썼고 그의 답장은 아주 짧았다. 그의 짧은 편지 글에도 내면의 고독이 묻어 있었다.

"어이, 버지니아 울프 선생, 마음을 여시오. 꼭 한 사람에게만 순정을 바치라는 법도 없으니까!"

"알았습니다."

"정말 내가 답답해서 묻는 것인데, 한 번만이라도 가슴을 열고 솔직하게 애기하시오. 이형우가 정인(情人) 맞긴 맞소? 때때로 헷갈려서."

"어차피 중국 문단에 다 퍼졌잖아요!"

나는 남의 일처럼 이기죽거렸다.

"당신 자신의 감정에 충실하시오, 제발! 멍청하게 굴지 말고. 행복이고 나발이고 간에 자기 감정에 솔직하지 않으면, 당신이

나 나 같은 사람이 갈 데가 어디 있소? 도서관이나 정신병원밖에 없지. 그런 곳에서도 못 견디면 책으로 만든 관을 들고 화장터로 기어들어가든지!"

나는 웃지도 않았다. 그는 고개를 숙인 채 녹차 잔을 들었다. 유리컵에 둥둥 떠 있는 녹차 잎사귀를 입으로 후후 불어 대던 그가 고개를 돌려 창밖을 내다보았다. 눈에 눈물이 고여 있었다. 손바닥으로 눈물을 훔치는 그의 동작을 바라보며, 나는 우리의 저주스런 만남에 비로소 뼈저린 고통을 느꼈다. 그래도 이형우가 보고 싶었다. 무엇을 솔직하게 얘기하랴? 티엔에게는 중화의 광대무변한 세계가 있었고, 이형우에겐 뭐가 있던가? 인간 선언을 포기한 채 짐승 같은 인내심으로, 자존심이라는 다 깨진 거울 하나를 들고 자기 내면의 고독한 자아와 결혼해 버린 남자. 한국 사회의 윤리도덕이라는 그 잘난 껍데기에 갇혀 숨도 제대로 쉬지 못하는 사내였다.

"잘 모르겠어요. 저는 제 감정에 충실한 편인데요! 선택의 여지가 없잖아요. 제가 중화인이 될 수는 없는 노릇이고, 제 마음에서 이형우 선생님을 내려놓을 수가 없어요."

그는 눈물을 훔쳤다. 왜 한 번이라도 사람답게 살 생각을 하지 않느냐고 야단도 쳤다. 이형우는 자기 자신을 너무 사랑하는 이기적인 존재이므로, 당신이 생각하는 것처럼 고독하지도 않고 나약하지도 않다고 구박을 주기도 했다. 그리고 이형우는 여러 가지 얼굴을 지녔다는 말도 했다.

천장의 불상들을 쳐다보았다. 하나의 얼굴에 열한 개의 가면을 가진 티베트 불상은 그 순간 놀이공원의 무지개열차처럼 빙글빙글 맴을 돌았다.

"전혀 그렇지가 않아요. 그렇게 야무지면 벌써 잊었죠. 프랑스 실존주의를 너무 많이 보셨군요?"

"인간애 때문에 이형우 선생 소설을 붙잡고 관 속에서 작업을 하는 건가? 그대 우울증의 실체가 그놈의 인간애 때문에 돌출한다는 생각은 하지 않고? 그 양반이 자기 아내와 헤어지고 당신에게 달려온다면 모를까. 무슨 사람들이, 서로가 서로를 고문해서 치열한 고통을 맛보려고 작정했을까? 그 양반을 위해서 인간애를 발휘한다고 칩시다. 그럼 당신 인생은? 당신은 인간 아닌가? 인간 선언을 하시오. 부탁이니."

나는 인간이 아니라고 대답했다. 굳이 인간일 필요는 없었다. 나무토막일 수도 있고, 바위일 수도 있고, 한 권의 책일 수도 있었다. 아니면 그의 소설을 번역하는 노트북이면 어떠랴.

그래도 티엔에게 정이 든 나는, 외로울 때마다 진정한 벗이 되어 준 그에게 아무것도 해 줄 게 없어 서러웠다. 그래서 울었다. 녹차 잔에 쏟아 낸 내 눈물의 입자 속에 이형우의 쓸쓸한 표정이 어렸다.

미안합니다.

미안하다는 말밖에 드릴 말이 없네요.

사랑해서 미안하고

마음을 놓지 못해 미안합니다.

드릴 게 아무것도 없어 미안합니다.

쓸쓸하면 어제 우리가 보았던 그 초원의 무지개를 기억하죠.

내년에 못 만나면 2년 뒤에 만나고

2년 뒤에 못 만나면 10년 뒤에나 만나죠.

10년 뒤에 못 만나면

100년 뒤에나 만나죠.

그것도 어려우면

책에다

마음을 새기죠.

책에다

어제 보았던 무지개를 새기죠.

미안합니다.

사랑해서 미안합니다.

3

한국재단의 요안 국장이 내게 메시지를 보내왔다.

"잉숑의 작품집을 다량 구해 주시기 바랍니다. 가능하면 그의 사인이 들어 있는 책자를 구해 주십시오. 재단에서 영구 보관할 예정입니다. 비용은 책이 도착하면 보내드리겠습니다."

나는 알았다고 답장을 보내고 곧바로 베이징으로 가는 티켓을 끊었다. 잉숑을 만나고 싶은 마음도 있었지만 그것보다는 우선 한국재단의 요청에 협조하고 싶었다. 10년 전 한국재단의 번역지원사업 덕분에 나는 한국재단의 지원을 받아 잉숑의 작품집을 처음 한국에 처음 소개할 수 있었다. 한국재단의 요안 국장은 시장성이 없어도 작품성이 있는 책자를 고르는 매서운 눈이 있었다. 이형우의 작품이 중국 문단에 뿌리내린 원동력도 한국 재단의 지원사업 덕택이었다. 한국재단의 지원 없이 중국 출판사에서 한국의 본격문학을 출간해 주는 사례는 극히 드물었다. 상대적으로 북한 서적은 제법 출간되고 있었다. 북한에서 출간 지원을 해 주는 것이 아닌데도 비교적 용이하게 출간되어 대학의 연구교재로 활용되고 있었다. 유리걸식하며 한국 문학을 등에 짊어지고 다니던 내게 중국 출판사의 태도는 지극히 유감스러웠다.

스모그가 자욱하게 낀 베이징 공항에 내렸다. 베이징 수도공항에서 택시를 타고 798예술가거리로 가는데, 스승 이형우의 눈물 같은 빗방울이 떨어져 내렸다. 그는 내 앞에서 좀처럼 울지 않았지만 간혹 폭포 같은 눈물을 흘렸는데, 고량주에 만취되었을 때였다. 물론 폭포 같은 눈물을 술에다 섞어 마시는 순간에도 서울로 전화를 걸어 자신의 아내에게 정직하게 말하곤 했다. "음, 곧 돌아갈게. 나도 사랑하고. 맹세하지. 나 혼자 여행하는 중이야. 걱정 마."

땟국이 낀 빗방울은 새까만 먹물처럼 유리창을 때렸다. 경적을 울리며 거리를 누비는 모든 자동차들이 새까만 먹물을 뒤집어썼다. 798예술가거리 입구에서 차를 내렸지만 비는 그치지 않았다. 천둥이 치는가 싶더니 빗방울이 굵어져 기다란 내 머리카

락은 목덜미를 친친 감았다. 798예술가거리는 눈앞에 있었지만 그것은 시각적으로 근거리일 뿐이었다. 도시 전체가 검은색 화선지처럼 젖어 들어서 거리감을 좁힐 수가 없었다. 수형자처럼 느릿느릿 걸었기 때문인지 798예술가거리는 좀처럼 가까워지지 않았다.

빗방울은 굵어졌고 노란 유채꽃 같은 번개가 가로수를 때렸다. 거리의 자동차들은 인터넷이 마비되어 버린 전산망처럼 서로 뒤엉켜 경적을 울려 댔다. 798거리의 초입으로 들어서고 있는데 누군가 나를 불렀다. 노트북 가방으로 머리를 가리며 소리 나는 방향을 바라보았다. 중국 현대 미술계의 로댕으로 불리는 '웨이'(位)였다. 그는 자신의 작업실로 들어가자고 내 팔을 끌었다.

그의 갤러리는 개방형이었다. 대형 전시실에는 석고로 만들어진 크고 작은 동상들이 삼각형 모양으로 진열되어 있었다. 동상은 하나같이 일그러져 있었다. 다만 가슴이 뻥 뚫어진 동상, 다리가 없는 동상, 머리가 으깨진 동상 심지어 허리에 커다란 구멍이 나 있는 동상도 있었다.

"그런데 제목이 이게 뭐예요? 중용? 무슨 중용이 온통 상처 투성이인가요?"

"마땅한 제목이 없어서요. 멋있어 보이려고 붙여 본 이름인데, 어색한가요? 많이?"

나는 이지러진 동상들을 다시 한 번 둘러보았다.

"사람으로 친다면 다 비정상들이라고 봐야겠는데, 중용이라니, 첫눈에는 어색했는데, 다시 보니까 어울리는 제목 같네요. 비정상적인 존재의 가슴에 중용이라는 이름표를 붙이는 것, 제법 어울릴 것 같아요. 중용의 도리를 깨달아라, 저도 주변인들에게 그런 주문을 받을 때가 있는데요. 그때마다 머리통에 구멍이 생기거든요. 하지만 중용이란 단어는 매력적이죠. 그래서 그 단어 앞에 머리 숙여 절을 할 때가 많아요."

웨이는 나를 손짓해 불렀다. 나는 그를 따라 2층으로 올라갔다. 2층에는 온통 마오쩌둥의 상징물뿐이었다. 마오쩌둥이 타고 다니던 특별 열차, 마오쩌둥의 초상화, 마오쩌둥의 동상, 마오쩌둥의 의상이 진열되어 있었는데 하나같이 '他媽的'(타마떠: 중국말로 '니미럴'이란 뜻)란 이름표를 달고 있었다. 마오쩌둥은 지금도 영웅이자 신앙인데, 이런 식으로 표현하면 감옥에 갇히지 않느냐고 물었다. 웨이는 마오쩌둥 특별호를 주먹으로 때렸다.

"영웅은 무슨! 광기 때문에 발광한 놈인데! 잉숑을 만나러 왔다고요? 잉숑 같은 소설가 때문에 마오쩌둥이 지금도 영웅 대접을 받는 거예요. 혹시 마오쩌둥 추종자인가요?"

"아뇨. 난 아녜요."

이렇게 대답했지만 나로선 마음이 편치 않았다. 이형우의 작품을 번역해 행상인처럼 짊어지고 중국 전역의 출판사를 이 잡듯 뒤지고 다니다 보면, 그들의 요구에 부응할 수밖에 없는 상황이 발생했다. "마오쩌둥 주석의 어록을 제대로 공부해서 그 어록에 바탕을 두고 함축성 있게 번역하시오." 인문학이나 출판사의 노선에 따라 달랐지만, 아직도 마오쩌둥 주석의 어록은 현대판 철학의 사자성어였다. 그러나 노장사상을 바탕으로 고전 방식 사자성어로 압축한다면 모를까, 현대판 사자성어로 압축하면 사상이 약간씩 바뀌고 말았다. 방법은 한 가지뿐이었다. 노트북을 끼고 이곳저곳 돌아다니는 것이다. 출판사의 편집인들 옆에 딱 붙어 앉아 어딘가 끼어 있는 마오쩌둥 주석의 어록을 집어내야 했다. 그 작업을 하지 않으면 이형우의 작품은 중국 상흔문학(문화대혁명의 아픔을 묘사한 일군의 작품)처럼 변형되어 버렸다.

"마오쩌둥 어록만 활용하지 마시오! 머지않아 세상이 뒤집어질 테니까. 알겠지만, 티엔과 잉슝의 노선은 달라요. 두 노선에서 균형을 유지하시오."

"알았어요."

"조심하시오. 요주의 인물이니까."

"내가요?"

"그렇죠."

"왜요? 번역만 하고 다니는데요."

웨이는 머리에 묻은 하얀 먼지를 손으로 훅훅 털어 댔다.

"티엔과 가까이 지내잖아요! 중국 정부에서 노리는 사람이 티엔이죠. 그럴 리가 없겠지만, 만일 지식인 중심으로 제2차 문화대혁명이 일어난다면, 그 주동자가 티엔이 될까 봐 정부에서 두려워하는 거요. 적당히 경계를 두고 어울려야 해요."

티엔은 그럴 사람이 아니라고 나는 우겼다. 중화의 중심축이긴 했지만 그 역시 극심한 우울증에 시달렸다. 인생이 너무 쓸쓸해 내게 데이트를 청했던 사람 아닌가! 권력 따위는 그의 쓸쓸한 가슴을 채워줄 수 없었다. 그가 갖고 싶은 것이 있다면 고독에 시달리는 작고 앙증맞은 거울이었다. 그 거울 하나를 얻기 위해 만리장성을 하루에도 열두 바퀴 달릴 수 있는 인물이었다. 물론 그는 만리장성을 달리는 순간에도 노장사상을 읽었고, 니체를 읽었다.

바깥에 나가 커피 한 잔 마시자며 웨이가 내 팔을 잡았다. 급한 약속이 있다며 나는 팔을 뺐다. 미술관을 빠져나오면서 나는 공연히 얼굴이 화끈거렸다. 도로가에 놓인 자갈을 구둣발로 걸어찼다. 그래도 열기는 가라앉지 않았다.

798거리의 좌측에 자리한 베이징 최고의 서점 1번가 빌딩 안으로 들어간 뒤에도 여전히 얼굴의 열기가 식지 않았다.

나는 1번가 서점 안으로 들어가 서점 직원에게 잉숑의 책을 전부 달라고 부탁했다. 직원은 총 서른다섯 권의 책이 있다며 어떻게 가져갈 것인지 물었다. 나는 짐꾼 한 명을 불러 달라고 부탁했다. 5분도 지나지 않아 20대 초반의 말끔한 짐꾼이 나타났다. 짐꾼은 서른다섯 권이나 되는 책 무더기를 번쩍 들어 자신의 어깨에 실었다. 나는 노트북 가방을 어깨에 걸친 채 짐꾼의 뒤를 부지런히 따라갔다. 등에 짊어지자니 두려움이 생겼다. 내가 베이징 시내의 인파에 휩쓸려 먼지가 될 수도 있다는 두려움이었다. 상하이에선 그런 생각이 들지 않는데 베이징에 올라오면 이상하게 사막으로 빨려 들어가는 기분이었다.

택시 승강장에 도착하자 짐꾼의 이마에는 땀이 송골송골 맺혔다. 그는 자신의 어깨에 올렸던 책을 땅으로 내렸다. 그러면서 중심을 잡지 못하고 기우뚱거리다가 짐꾼 역시 책과 함께 엎어졌다. 나는 책 무더기를 일으켜 세웠다. 짐꾼은 일어서면서 이마에 맺힌 땀을 손으로 씻었다. 그는 씩 웃었다. 나는 어깨에 걸치고 있던 노트북을 내려서 잠시 그에게 맡겼다. 그리고 길가에 서 있던 택시를 잡아 트렁크를 열고 잽싸게 달려와 책 무더기를 질질 끌었다. 서재의 책들을 정리하듯 트렁크 안에다 책을 툭툭 때려 넣었다. 책을 싣느라 푹 숙였던 고개를 들었는데 콧잔등에서 땀이 흘렀다. 허리에 맨 가방의 지퍼를 열어 돈을 꺼내 들고 옆을 돌아보았다. 짐꾼이 보이지 않았다. 콧잔등에 맺힌 땀을 손등으로 씻으며 여기저기 둘레둘레 살폈다. 짐꾼은 내 노트북을 어깨에 짊어지고 798예술가거리를 벗어나 산리툰 동네로 달아나고 있었다. 나는 내 눈앞에서 사라지고 있는 나의 영혼, 나의 노트북을 거머잡으려고 애를 썼다. 발은 나가지 않고 손부터 나갔다. 그 자리에서 엎어진 채 일어날 줄 모르고 망연자실 나의 영혼을 바라보고 있는데 운전기사가 경적을 울리며 소리쳤다.

"안 타실 거요?"

일어서는 순간 무릎이 아렸다. 허리를 숙였더니 찢어진 청바지 사이로 황사가 스며들어 깨진 무르팍의 핏빛을 가렸다. 운전기사가 다시 재촉을 했다. 정강이의 황사를 문지르며 택시에 올랐다. 새된 경적을 울리며 자동차가 베이징 시내 중심가를 향해 내달리자 열어 둔 차창으로 누런 황사가 한 다발의 비단처럼 달려들어 내 눈을 덮었다. 앞이 보이질 않았다. 안경을 벗어 유리를 비볐다. 안경을 다시 쓰고 있는데 눈가에 물기가 흘러내렸다. 나는 달아나 버린 영혼을 붙잡으려고 발버둥치는 사자(死者)처럼 핏빛 어린 시선으로 고도(古都)를 살피며 두꺼운 비단이 춤을 추는 시내 중심가로 진입했다.

베이징호텔 로비에 택시를 세우자 호텔 직원이 달려 나왔다. 호텔 직원에게 책을 맡기고 프런트에서 우선 방을 잡았다. 호텔 직원이 방으로 책을 배달해 주었다. 407호실 침대에 누워 잠시 쉬고 있는데, 호텔 전화벨이 울렸다. 손님이 찾는다고 했다. 아래층으로 내려가는데 휴대폰이 울렸다. 티엔이었다. 휴대폰을 받으면서 프런트로 걸어갔다.

"어디요?"

"베이징호텔이에요."

"거긴 왜? 우정호텔로 오지 않겠소?"

"여기서 잉숑을 만나기로 했어요. 이쪽으로 오시겠어요?"

"아니요. 나중에 봅시다."

티엔이 전화를 끊었다. 나는 해사하게 웃으며 잉숑을 바라보았다.

"급한 전화 아니오?"

"티엔과 통화를 하던 중이었어요. 이쪽으로 오라고 했더니, 좀 바쁜가 봐요."

잉숑은 고개를 끄덕거렸다.

티엔과 잉숑은 중국 문단을 대표하는 황제들이었으나 노선이 달랐다. 서로 마주쳐야 하는 일이 생기면 입을 딱 다물고 침묵을 지켰다. 티엔은 중화사상을 내세우는 베이징의 지식인 작가였고, 잉숑은 전형적인 농촌 작가인데다 민중의 아픔을 대변하는 글을 썼다. 대외적인 지명도가 높은 것은 잉숑이었지만 중화의 작가 중심은 티엔에게 있었다.

"제 방으로 가실래요? 책을 몇 권 사왔어요. 한국재단의 요안 국장이 필요하다고 해서요."

잉송은 어깨를 으쓱거리며 서양인 흉내를 냈다.

"한국재단에서요? 반갑구려. 한국재단 아니었으면 나는 한국에 책을 내지 못했을 거요. 한국 독서 시장은 중국 상흔문학을 경시하잖소?"

"중국 독서 시장은 어떻고요?"

"그래도 이형우의《고독한 사랑》은 독자가 좀 있지 않소?"

"아주 미미하죠. 제가 구입해서 나눠주는 책이 대다수예요."

잉송은 웃지도 않았다. 그는 양팔로 뒷짐을 진 채 마르크스처럼 근엄한 얼굴로 베이징호텔 프런트 주위를 둘러보았다. 여자처럼 좁다란 어깨를 지닌 남자 종업원이 컴퓨터를 들여다보며 무엇엔가 열중하고 있다가 고개를 들더니 잉송에게 손을 내밀었다. 잉송은 종업원의 손을 잡지 않고 오른손을 번쩍 들어 고맙다는 의사를 표시했다. 머쓱해진 종업원은 눈빛이 날카로워지더니 컴퓨터 자판을 빠르게 두들겨 댔다. 소박한 농부 같았던 잉송은 전 세계적인 명성을 얻으면서 용모가 많이 달라졌다. 입고 나오는 양복에도 윤기도 흘렀고 어깨에도 힘이 들어갔다.5년 전 이형우와 함께 잉송의 집을 찾았을 때만 해도 그는 소박했었다. 한국 지식인 작가가 자신의 집을 찾아 준 것이 감사하다며 손수 요리까지 해 주었다. 잉슝의 부인은 전형적인 촌부였다. 화장기도 전혀 없었고 무덤덤한 표정에다 이목구비도 흐릿했다. 거실 한쪽에서 잉슝이 붓글씨를 쓴 화선지를 가지런히 정리하고 있었지만 그의 부인은 글자를 모르는 듯했다. 그녀가 화선지를 정리하는 모습을 바라보던 이형우는 손가방에서 작은 스케치북을 꺼내 연필로 드로잉을 시작했다. 그가 부인을 모델로 스케치를 하고 있는데, 잉슝이 앞치마를 두른 모습으로 주방에서 나왔다.

"글자도 모르고 듣지도 못합니다. 고맙습니다. 아마 생전 처음일 겁니다. 모델이 되어 본 적이 없으니까요."

잉슝의 부인은 가지런히 챙긴 화선지를 들고 서재로 들어갔다. 나의 스승 이형우는 슬며시 내게 말했다.

"잉슝이 정말 대단한 사람이군. 어떻게 살아왔을까?"

그날 잉슝은 자기 아내가 고향의 어머니를 많이 닮았다고 우리에게 말했다. 이형우는 그 말을 듣고 고개를 끄덕였다.

나는 프런트에 서서 중화인민공화국 최고의 호텔 실내를 둘러보았다. 붉은 핏빛이 어룽거리는 실내가 얼마나 화려했던지, 갑자기 불안해지면서 나의 뇌리에는 이형우가 어제 보낸 이메일 편지가 떠올랐다. "잘 있지? 나는 잘 있어요. 요즘 바빠서 이메일을 제대로 체크할 틈이 없었어요. 아내가 대신 체크해. 아내는 그 바쁜 와중에도 틈을 내서 내 이메일을 체크해 주지요. 나를 대신해 아내가 당신에게 편지를 쓸 때도 있으니까 그렇게 아시길. 건강하고. 다시 연락드리리다."

불안하고 화려한 실내장식은 엘리베이터를 타자 사라졌다. 엘리베이터 안에는 안정감 있는 어둠이 나를 포근하게 감쌌다. 어둠은 때때로 기이한 안정감을 주었다.

어두운 엘리베이터 안에도 눈부시게 반짝이는 것이 있긴 했다. 1만 년 전에 티베트 귀족 여인들이 귀에 매달았다는 금귀고리 한 쌍이 승강기 출구 맞은편 벽면에 실물처럼 빛나고 있었다. 잉숑은 여자처럼 고개를 수그리고 벽화 속에 숨은 금귀고리를 손으로 캐내려 들었다. 그 순간 나는 잉숑의 등에서 우러나오는, 티엔보다 강력한 어떤 권위를 느낄 수 있었다.

엘리베이터에서 내리자 검붉은 양탄자 위에 깜찍한 천당 풍경이 새겨져 있었다. 얼마나 깜찍했던지 탐스런 유방을 매달고 있는 천사의 가슴에 안기고 싶을 지경이었다.

동굴 속을 파고 들어가는 탐험대처럼 어둠을 헤치며 복도를 걸어갔다. 나는 아무 말도 하지 않고 벽을 짚으면서 걸었다. 희미한 전등 불빛이 내려앉은 우툴두툴한 벽은 종이로 만들어진 거대한 조형물 같았다. 나는 간혹 벽을 꾹꾹 누르면서 걸었다.

어둠 속에 가려진 벽 속에서 몽골 여인이 부르는 한 많은 창 소리가 들렸다. 벽 속에 박힌 스피커에서 새어 나오는 소리였는데, 꾹꾹 참았던 울음을 쏟아 내는 노래였다.

"한 가지 여쭈어 볼게요."

"그러세요."

"이형우 씨 작품 말인데요. 그의 작품《잃어버린 환상》을 읽어 보셨나요? 제가 제본해서 부쳐드렸는데."

"물론이오. 읽었지. 좋더군. 자기 본성을 고스란히 드러내는 장면들이 특히 좋더군. 나 같은 촌놈이야 그저 농촌소설밖에 쓰지 못하는데, 주인공이 거울을 들고 자기만의 환상에 빠져들어 허우적거리는 모습이 압권이더이다. 그 작품을 읽다가 보니 한국 소설이 중국 소설보다 한 발 앞서 가 있다는 생각이 들더군요."

어둠이 빽빽하게 수놓인 복도를 차분하게 걸어가는 잉슝의 구두에서 오르간 같은 소리가 들렸다.

"베이징 삼라만상 출판사 천 편집장을 찾아가시오. 내가 언질을 넣어 줄 테니까."

그때 잉슝의 휴대폰 벨이 울렸다. 그는 미안하다고 하며 양복 주머니에 넣어 둔 휴대폰을 꺼내 전화를 받았다. 호텔 스피커에선 나나무스꾸리의 〈제비〉가 잔잔하게 흘러나왔다.

"베이징《인민일보》기자가 나를 취재하겠다고 하는군요. 방으로 오라고 해도 되겠어요?"

"그럼요."

잉숑은 전화로 올라오라는 말을 하면서 자리에서 일어서더니 문을 열고 바깥으로 나갔다.

나는 호텔 사무용 테이블에 놓인 컴퓨터를 켰다. 인터넷으로 들어가 메일 박스를 열었더니 동생이 보내온 메시지가 들어 있었다. 60명의 학자들과 함께 베이징 공항을 통과하다가 독감 증세로 베이징수도병원에 격리 수용되어 있다는 내용이었다. 그 순간 자연과학자 60명은 베이징대학으로 이동 중이었다. 베이징공항의 검문검색은 나날이 엄격해졌다. 여차하면 격리 수용되어 일주일 이상 갇혀 있어야 했다. 동생은 학술대회가 있어 베이징대학(北京大學), 상하이대학(上海大學), 총칭대학(重庆大學), 칭화대학(清华大學)을 방문해도 내게 일체 말을 하지 않았다. 우리는 입을 다물고 살았다. 격리 수용되어 겨우 이메일을 보내온 동생의 심정을 생각하자 곧장 달려가 베이징수도병원을 폭파해 버리고 싶었다. 하지만 내겐 폭파할 무기가 없었다. 생각 끝에 휴대폰으로 티엔에게 문자메시지를 보냈다. 베이징수도병원에 내 동생이 격리 수용되어 있으니 최대한 빨리 석방시켜 달라는 내용의 메시지를 보낸 지 5분도 되지 않아 동생에게서 이메일이

왔다. "고맙고. 석방이야."

잉슝과 함께 《인민일보》 신문기자 주(朱)가 호텔 안으로 들어 섰다. 주는 옆구리에 낀 노트북을 테이블 위에 올려놓고 잉슝에 게 질문을 던졌다.

"지난달 프랑스에 다녀오셨다죠? 가오싱젠(高行健)을 만나셨 어요?"

"아뇨, 만나지 못했어요. 중국대사관에서 허락을 하지 않았 으니까요. 정부에서 허락하지 않는데 무리해서 만날 필요는 없 겠지요."

가오싱젠은 노벨문학상을 받은 뒤에도 대륙을 방문하지 못 했다. 가오싱젠의 책도 유통되지 않았고, 중국 문단에서 그의 작 품을 비평하지도 않았다. 중국에서 프랑스로 망명을 갔던 가오 싱젠은 프랑스 파리에서 쓸쓸한 나날을 보내고 있었다. 역대의 다른 수상자들과는 달리 일체 바깥세계로 출입하지 않았다.

"언론계에 떠도는 말로는 가오싱젠의 《링샨》(靈山)은 노장사 상 부활의 신호탄이라고 합니다. 티엔의 정체성도 마찬가지라 죠? 가오싱젠과 티엔은 알고 보면 동일한 노선이지요? 어떻게 생각하시는지요?"

잉슝은 껄껄 웃었다.

"중화의 아들들이니까 비슷한 노선을 걷는 측면이 있지요.

69

그러나 배경이 많이 다릅니다. 가오싱젠은 노장사상에 바탕을 두고 있지만, 티엔은 글쎄요. 칸트, 사르트르, 니체 등의 서양철학에 바탕을 두고 있지 않나요? 나는 무식해서 잘 모르겠고, 그냥 해 보는 소리입니다. 저는 마오쩌둥 주석의 어록에 바탕을 두고 있지요. 가오싱젠은 부성애를 노래하지만, 저는 어디까지나 모성애를 서술하고 있지요. 모성애가 제 문학의 근본입니다. 황하문명의 젖줄을 모성애라고 보거든요. 이론적인 것은 모르겠고, 그냥 그렇게 느껴집니다."

주 기자는 테이블 위의 노트북을 광속으로 두들겼다.

"두 분은 어떤 사이죠?"

"오랫동안 내 작품을 번역해 준 번역자요. 요즘은 한국 문학을 번역하느라 정신없지만, 중국 문학을 한국에 알린 최고의 번역잡니다. 공로가 크지요."

"아, 저는 잉슝에게 물은 것은 아니고 번역자에게 직접 물었습니다. 티엔과 가깝다고 들었습니다. 티엔의 문학 세계에 대해 어떻게 생각하시는지 한마디 들려주세요."

나는 고개를 숙였다. 티엔의 문학을 얘기하기 전에 그의 얼굴이 떠올랐다. 그의 문학의 모태는 균형이었다. 프랑스 문학의 부조리가 아니었다. 일상의 진부함도 아니었다. 그야말로 노장사상을 알았고, 중화의 중심이었고, 중용을 알았다. 가오싱젠이 내세우는 중용과 티엔의 중용은 달랐다. 가오싱젠의 가슴에는 프랑스 에펠탑이 세워져 있었고, 티엔의 가슴에는 소통이 안 되는 아내에 대한 답답함과 문화대혁명 시절의 한이 어려 있었다.

티엔은 자신의 아내에 대한 이야기를 나에게 몇 번 털어놓았다.

"내겐 아내가 있소. 큰 욕심 없이 일상에서 행복을 찾는 여자지요. 그런데 책이라는 물건을 전혀 읽지 않아요. 심지어 내 작품도 읽지 않는다니까. 활자 문명과는 담을 쌓고 살아요. 아무리 그래도 내 작품은 좀 읽어 주면 얼마나 좋을까? 작품이란 거, 영혼 아니오? 전혀 읽지 않으니까 아내와 나 사이의 대화는 언제나 겉돌지요. 선생도 잘 알겠지만, 나는 종종 대화 상대가 그리우면 나무하고 얘기하지요. 나무도 시끄럽다고 하면 바위하고 얘기를 해요. 족쇄 때문이오. 내 아내가 나의 발에 끼운 족쇄야 어떻게 벗을 수 있다손 치더라도 가장 무서운 족쇄는 나를 바라보는 당신의 눈동자요. 멀리 있어도 느껴지거든. 이형우와 나 사이에 끼여서 우리들에게 한없는 쓸쓸함을 안겨다 주는 버지니아 울프 선생, 나는 정말 가슴이 답답할 때면 정신병원으로 들어가 통곡의 방에서 펑펑 울며 나의 족쇄를 풀곤 하지. 내 아내는 당신과 내가 보다 깊이 있는 대화를 하길 바라오. 아내가 나의 행동을 감당할 수 없으니까, 짐이 되니까, 당신 같은 사람하고 대화를 하면서 지랄 같은 쓸쓸함을 이기길 바라는데, 당신은 내게 전혀 마음을 열지 않는군. 이형우 선생 탓인가? 그럼 셋이 같이 연애합시다. 안 될 게 뭐요?"

《인민일보》여기자는 여전히 나를 보고 있었다.

"티엔의 작품 주제는 중심이라고 생각해요. 더러 어떤 작품에는 고독이 그려져 있고, 또 어떤 작품에는 사랑이 그려져 있지만 그의 심장 속에는 언제나 중화가 있으니까요. 중화가 그의 족쇄일 수는 있지만 가오싱젠처럼 망명할 것 같지는 않고요. 족쇄를 끌고 사형장으로 끌려가는 순간에도 중화표 브랜드를 몸에 걸치고 있겠지요. 중화는 세계 최고의 브랜드잖아요? 중화를 사랑하는 방법에는 여러 가지가 있죠. 비난하면서 사랑하는 방식도 있고, 졸개처럼 사랑하는 방식도 있겠지요. 그는 누구 못지않은 애국자라고 나는 생각합니다."

《인민일보》여기자는 노트북에다 열심히 적었다.

"티엔의 작품 세계를 비교적 잘 아는군요. 그를 추종하는 세력들이 향후 중앙당을 추종하는 지식인 작가로 만들 거라고 하던데요. 중앙당의 대변인 작가는 곧 작가의 황제이자 실질적인 언론 황제죠. 그 점은 어떻게 생각하세요?"

"그렇지 않아요. 제 생각을 진솔하게 말씀드릴게요. 그는 여기에 계신 잉슝보다 소박한 사람입니다. 허무주의자면서 낭만주의자죠."

"어쨌거나 중화 최고의 지식인 작가인데, 허무주의자인데다 낭만주의자면 문제가 많겠네요."

"그가 만일 실질적인 언론 황제 노릇을 하려고 들면 그땐 중앙당에서 정신병자로 몰아갈 걸요. 서방에서 공부를 했다는 게 걸림돌이잖아요. 언론 황제 역할을 내려놓아도 정신병자로 몰고 갈 세력이 있겠지요. 티엔의 입장에서 보면 이럴 수도 없고 저럴 수도 없을 거예요. 마음 편히 살자면 언론 황제 자리를 관두는 게 상책이겠지요."

"아, 그럴 수도 있겠네요. 그의 아내가 베이징 공무원 아닌가요? 그가 향후 중앙당의 대변인이나 중앙당 주석 노릇을 한다면 모를까 그렇지 않다면 당연히 정신병자로 몰고 가겠지요. 아무튼 반대파가 있더라도 중화의 아들이 지식을 얻었으면 중앙당의 대변인이나 주석 역할을 해야 하는 거잖아요? 중앙당의 주석이나 비서 역할을 하지 못해 안달하는 작가들도 많은데요. 티엔은 아무튼 위험인물이 맞아요. 과거처럼 추방을 할 수도 없고, 안 그래요?"

"소박한 작가라니까요. 정치적인 야욕 같은 건 없어요. 주변인들이 문제죠."

"언론의 황제가 아니라 정치적인 야욕이 있다는 소문이 나돌잖아요. 그의 정치적인 배경은 서방세계라고 하던데요? 중화의 지식인이 서방세계에 배경을 두고 있다는 것 자체가 엄청난 문제 아닌가요? 특히 그의 작품《헛소리》를 보세요! 중화인민공화국은《헛소리》만 떠들어 대는 것으로 알려져 있지 않나요?”

주 기자의 말이 길어지고 있었다.

나는《인민일보》여기자의 입을 막기 위해 자리에서 일어섰다. 그리고 옷장에 넣어 두었던 서른다섯 권의 책을 꺼냈다.

“책에 사인을 해 주세요. 영웅의 사인이 필요한 모양이에요.”

내가 바닥에 책을 내려놓고 질질 끌자 잉숑은 달려들어 한 손으로 번쩍 들더니 테이블 위에 올려놓았다.

“이걸 어떻게 들고 왔소?”

“중화인민공화국에는 눈에 보이지 않는 인력이 넘쳐 나잖아요. 길을 가던 어떤 짐꾼이 들어 주었어요.”

나는 짐꾼에게 노트북을 강탈당했다는 얘기는 하지 않는다. 그에게 부담을 주는 것도 싫었고, 잃어버린 노트북 때문에 자꾸 쓸쓸해지는 내 기분을 스스로 달래야 했다.

비엔나풍의 중후한 의자에 앉아 있는 그에게 나는 책을 한 권씩 내밀었다.

“내 작품을 읽는 독자가 아직도 있소?”

“네. 점점 더 늘고 있어요.”

나도 일단 추켜세웠다. 한국 독자들은 잉슝의 작품을 외면한
지 오래되었지만 차마 그것을 사실대로 말할 수는 없었다. 그의
작품에는 영혼에 대한 고민이 없었다. 모성애는 있었지만 자아
에 대한 자각이 없었다. 인민에 대한 사랑은 있었다.

"무슨 말씀을! 내 작품에 시비를 거는 친구들이 많아요. 붉은
혁명 냄새가 난다는 것이지. 예술가는 아니고 중앙 정부의 개라
는 거요. 하지만 중요한 건 운명적으로 내가 시대를 타고 났다는
거요. 세계적인 작가는 시대를 타고 나야 하는 것이지. 하여튼
세계적인 작가가 되고 나니까 이야기 만드는 재미가 제법 있어
요. 내가 이 세상을 조종하고 있다는 생각이 든다니까."

"영웅이 되고 나면 고독해질 것 같은데, 그렇진 않나 봐요?"

"무슨 소리요? 나는 누가 뭐래도 중국 문단의 황제요. 황제
가 고독하다는 말은 처음 듣네. 날마다 행복하오."

상체를 젖히고 웃어 대는 그의 모습은 허탈해 보였다.

"책에다 사인해 주시겠어요? 요안 국장에게 보내야 하거든
요."

나는 호텔 사무용 테이블 위에 놓인 펜을 그에게 내밀었다.
그러자 잉슝은 손으로 펜을 툭 건드려 버렸다. 펜은 바닥에 깔린
페르시아 양탄자 위로 굴러가 텔레비전 밑에 멈추었다. 내가 내
미는 볼펜으로는 사인을 할 수가 없는 모양이었다. 과거 언제 잉

숭이 저런 포즈를 취했던가? 과거 언제 펜을 골라 가며 사인을 했던가? 나는 달라진 그의 태도에 좀 놀랐다. 그는 자신의 양복 주머니에서 사인펜을 꺼내더니 책에다 사인을 하기 시작했다.

"사인하는 볼펜이 정해져 있는 모양이군요."

"당연하오. 나는 세계적인 작가니까."

나는 목덜미 속에서 치밀어 오르는 어떤 갈증을 참느라 침을 삼켜 댔다. 한국재단의 요안 국장 부탁이 아니었다면, 그의 사인이 들어 있는 책자를 얻기 위해 베이징 거리를 헤매지 않았을 것이다. 요안 국장의 부탁은 결코 내가 간과할 수 없었다. 나는 유리걸식하는 번역자였다. 그는 나처럼 외국에서 유리걸식하는 번역자들에겐 어버이 같은 존재였다. 그런 어버이가 없었다면 나는 중화인민공화국의 무수한 인민들 속에 초콜릿처럼 뒤섞여 구걸하는 낭인이 되었을 것이다. 요안 국장이 재직하고 있는 한국재단에서는 낭인 같은 번역자들에게 생활비를 적지 않게 건네주었다.

"사인하는 볼펜에도 권위가 실려 있군요."

"그럼. 난 중화인민공화국에다 충성을 다했으니까. 권위를 세울 만하지."

나는 무릎을 구부린 채 책을 집어 들어 그에게 한 권씩 내밀었다. 사인이 끝나자 그는 손을 내밀었다. 나는 그의 손을 뿌리치고 일어섰다. 전류가 통한 듯 무릎이 저렸다.

그들이 방을 나가자 나는 곧장 체크아웃에 들어갔다. 호텔 종업원을 불러 책을 본관으로 옮겨 달라고 부탁했다. 책을 종업원에게 맡기고 본관 귀빈실로 느릿느릿 걸어가고 있는데 손가락과 어깨가 욱신거렸다. 전신에 쇳덩어리를 부착한 듯 묵직했다.

쓰러졌다. 베이징호텔 귀빈실 앞에서. 눈을 떴더니 베이징수도병원 특실이었다. 사람은 보이지 않고 꽃다발과 함께 메시지가 테이블에 놓여 있었다.

"이루핑안(一路平安)!" 그대 가는 길마다 평안하시길.

티엔이 보낸 꽃다발이었다.

4

상하이작가협회에서 초대를 해서 작업실을 나섰다. 골목길 모퉁이를 돌아서는데 작업실 주인 류씨 아저씨가 종종걸음으로 달려와 내 소매를 붙잡았다.

"책 버리는 날 아닌가? 창살 빼곡한 창문으로 던지지 말고 대문 밖으로 던져."

"알겠습니다."

나는 날을 잡아서 거의 일주일에 한 번씩 한 다발의 책을 버리곤 했는데, 창문을 열면 열십자 모양의 쇠창살이 찬란하게 박혀 있어 여간 불편한 게 아니었다. 책을 쇠창살 사이로 끼워 밖으로 버리자니 짜증이 났고, 무엇보다 시간 낭비가 심했다. 하지만 책을 버리는 나의 짓거리는 주기적인 행사였다. 젖먹이 아기가 우유 마시듯 먹어 대던 책을 쇠창살 사이로 던져 버릴 때의 쾌감이란 책을 사들일 때의 짜릿한 전율의 열 배였기 때문이다.

내 작업실은 우리 동네 서기를 지낸 류씨 아저씨 집 아래층으로, 안전하고 굉장히 저렴하다는 장점이 있긴 했지만, 작은 대문 하나를 제외하고 사방팔방의 창문에 쇠창살이 박혀 있어 목이 옥죄이는 느낌에서 벗어나기 어렵다는 절대적인 단점이 있었다. 하지만 갇혀 있다는 느낌에서 벗어나 보호받고 있다는 주문을 외면 그 단점도 크게 문제가 되지 않았다. 그랬다. 나는 안전을 보장해 주는 류씨 아저씨네 주택 구조에 익숙해져서 다른 작업실을 구할 생각을 하지 못했다.

작가 회의실 안으로 들어갔다. 길쭉한 타원형의 테이블을 중심으로 서른 명의 작가들이 의자에 자리를 잡고 앉아 있었다. 그들의 등 뒤에는 작은 도서관 같은 서가에 키를 달리하는 서적들이 우후죽순 꽂혀 있었다. 앞자리 단상의 좌우로는 건강과 재물복을 축원하는 대련(對聯: 대구의 글을 써서 대문이나 문짝에 부착하는 전통 양식)들이 나란히 붙어 있었다.

출입구 맞은편 벽에는 제법 큼직한 난로가 놓여 있었다. 바깥은 봄 햇살이 눈부셨지만 습도가 높아서 밀실 같은 오래된 건물에는 불을 피워야 했다. 난로 속에서 장작이 타는 냄새가 풍겼다. 매달 한 번씩 작가회의가 열리는 상하이 중심 동네 사무실은 중세시대의 살롱처럼 웅장하고 화려했다. 화강암으로 만들어진 내부 벽에는 문화대혁명 당시의 역사가 아로새겨져 있었다.

나는 자리에 앉아 노트북을 펼쳤다. 자리마다 각자의 직업이 적힌 이름표가 놓여 있었다. 내 맞은편에 앉은 신문기자도 노트북을 펼쳤다. 내가 회의실에 들어서기 전부터 그들은 자유토론을 하고 있었는지 각자 얼굴이 불그레했다.

인(仁) 교수가 일어났다.

"자, 오늘 상하이도서관 관장을 소개하겠어요. 내가 특별히 초대를 했습니다. 우리 상하이 출신 작가들의 책이 상하이도서관에 진열되어야 하는데 현실은 그렇지 않으니까요."

모여 앉은 작가들이 박수를 쳤다. 상하이도서관 관장은 자리에 앉은 채 테이블을 지팡이로 두들겨 댔다. 인 교수는 '우리 상하이'라는 말에 힘을 주었다.

"진열하는 것이야 어렵지 않지만, 요즘 독자들은 자기 마음에 들지 않으면 책을 칼로 도려내고 읽는 버릇이 있다는 걸 각오해야 하지요."

그때 상의와 하의까지 까만 가죽옷을 입은 87년생 작가 윈이 도서관장을 향해 차디찬 미소를 보냈다. 나는 그의 작품《어머니》를 한국어로 번역했는데, 중국에서는 1천 만 부가 팔리는 기염을 토했지만 한국에서는 완전 실패였다. 그 내용은 간단했다. 여러 명의 여자들과 데이트를 즐기던 주인공이 결국 어머니와 닮은 여자를 선택한다는 내용이었다.

"책을 도려내는 건 독자의 자유 아닙니까? 도려내는 건 독자의 자유에 맡기시고, 제발 진열이나 하시오. 왜 내 작품을 배제시키는 겁니까? 난 베스트셀러 작가인데."

"아무 책이나 진열할 수는 없지. 마오쩌둥 주석의 어록을 녹여서 창작을 해야 하오. 절대적 어록이 배어 있지 않으면 읽는 맛이 떨어지고 중화인민공화국의 자존이 흔들리잖소?"

그러자 윈은 가죽점퍼를 벗어서 난로 쪽으로 휙 던졌다. 다행히 난로 앞에 놓여 있던 의자에 걸려 난로 속으로 들어가지는 않았다.

"중화인민공화국에 자존이 어디 있어?!"

"책 진열해 주길 바란다면 조용히 하시오."

"니미럴! 뇌물 바라는 거지?"

"그거야 관행이고."

테이블에 노트북을 올려놓고 타자를 치던 《인민일보》 상하이 지사 여기자가 도토리 같은 눈동자를 굴렸다.

"도서관에 책을 투입할 때도 뇌물이 필요하단 말입니까?"

그때 구석진 자리에서 《상하이일보》를 보고 있던 진 평론가가 중얼거렸다. 그는 상하이작가협회 부주석이었다.

"도서관이야말로 뇌물의 온상이오. 책에 변별력이 없어진 시대니까 뇌물로 진열 여부를 판단하는 거요."

그러자 윈은 난로 곁으로 달려가 의자에 걸린 자신의 가죽점퍼를 벗겼다. 그리고 가죽점퍼를 오른손으로 움켜잡고 평론가 진의 테이블 앞으로 다가갔다. 윈은 가죽점퍼를 치켜들더니 말의 채찍처럼 책상을 후려쳤다.

"내 책 진열해 주지 않으면 상하이도서관도 쑥대밭으로 만들어 버리겠어. 불질러버릴 테니까."

윈은 주먹을 들고 진 편집장을 후려칠 기세였다. 그러자 테이블 왼쪽에 앉아 있던 작가 옌(鹽)이 달려 나와 그의 팔을 부여잡았다.

"왜 이래? 문학 황제 되고 싶어? 차기 작가 주석 자리 노리는구나!"

옌은 작품이 별로 많지 않았지만 이미 차세대 문단의 대가로 알려져 있었고, 윈은 출간되는 책마다 1천 만 부 이상 팔려 나갔지만 문단의 비평가들은 한마디도 언급하지 않았다.

"그렇다! 어쩔래?"

나는 잠시 2년 전에 있었던 일을 떠올렸다. 그날도 티엔을 만나기 위해 베이징공항에 내렸다. 비가 내리는 우중충한 5월이었다. 베이징공항의 트랙을 빠져나가고 있는데, 키가 건장한 사내 두 명이 옆으로 다가와 팔을 낚아챘다.

"우리는 베이징 언론출판검열위원회에서 나왔소.《잃어버린 환상》번역자죠?"

나는 고개를 끄덕였다. 눈이 부리부리한 사내가 내게 명함을 내밀었다. 명함에는 언론출판검열위원회 션(沈) 국장이라고 적혀 있었다. 연달아 퇴짜를 맞고 있는《잃어버린 환상》출간 문제를 논의하고 싶다며 낚아챈 팔을 조였다. 나는 저항하지 않았다. 그들이 언론출판검열위원회 사람들 같지는 않았지만, 일단 이형우의 작품《잃어버린 환상》을 입에 올렸으니 고마운 일이었다.

공항의 트랙을 빠져나와 주차장으로 갔다. 주차장에 서 있는 중국제 따중(大衆) 리무진 뒷자리에 나를 밀어붙이며 션 국장이 말했다. 언론출판검열위원회에서 나를 초대하는 것이라고. 그러나 그것은 엄연히 납치였다. 사내들의 행태가 그러했고, 주차장을 빠져나온 리무진이 달려가는 방향이 그랬다. 리무진은 베이징 시내를 벗어나 내몽골 방향으로 세차게 내달렸다. 겁은 나지 않았지만 등에 짊어진 노트북의 파일이 걱정되었다. 내 노트북의 파일에는 수많은 그가 있었다. 수만 가지 표정을 지닌 그가 있었고, 내게 보내는 메시지도 숨어 있었다. 인간 이형우는 차마

나에게 자기 감정을 드러내지 않았지만, 그의 작품에는 온갖 악몽의 구렁텅이에서 헤어나지 못하는, 가위 눌린, 일그러진 초상화가 드러나 있었다. 그러므로 그의 작품에 진정한 날개를 달아 주어야 했다.

베이징 시내를 벗어나 두 시간쯤 되었을 무렵, 허허벌판에 군대 막사 같은 집들이 언뜻언뜻 보였다.

"저건 공산당 간부들의 별장이오. 하지만 다들 썩어서 내부 설계가 필요하지요."

사내들의 말에 신경 쓰지 않고 나는 등에 짊어진 노트북 가방을 내렸다.《잃어버린 환상》을 불러냈다. 크게 두려울 건 없었지만, 사내들이 나를 끌고 가는 방향은 베이징 시내에 있어야 할 언론출판검열위원회가 아니었다.《잃어버린 환상》파일을 읽으면서 마음을 달랬다. 공산당 간부들의 별장이 띄엄띄엄 서 있는 낯선 벌판에 그의 슬픈 표정이 어렸고, 나를 달래는 조용한 목소리가 메아리처럼 들려 왔다. '무리하지 마. 세상을 우리가 삼킬 수는 없는 거야. 세상 앞에 굴복하는 수밖에 없지. 무리하지 마.'

리무진이 섰다. 그들은 내 팔을 느슨하게 잡았다. 이미 도망 갈 곳도 없는 벌판이었다. 리무진에서 내려 5분이나 걸었을까? 눈앞에 나지막하지만 위용 있는 지상 1층의 건물이 나타났다. 온통 유리창으로 둘러싸인 건물의 분위기는 이상했다. 유리창을 벗기면 특수부대라도 있을 것 같았다. 눈에 보이지는 않았지만 분명하게 느껴졌다.

"여긴 베이징 최고인민회의 소속 집무실이오."

사내 둘은 지하실로 나를 인도했다. 지하실은 깔끔하게 정돈된 벙커였다. 하얗게 회칠이 된 벽에는 딱따구리가 쫀 듯한 구멍이 촘촘하게 뚫려 있었다. 키가 자그마한 사내 한 명이 테이블에 걸터앉아 있다가 내게 손을 내밀었다. 나는 얼결에 악수를 했다.

"우리는 베이징 중화인민공화국 특수요원들이오. 움직이는 경로마다 요원들을 배치했소. 몰랐겠지만. 상호 협조합시다."

나는 그냥 배시시 웃었다.

"티엔의 정인(情人)이라고 알고 있는데? 한국 쪽 정인이야 우리가 간단하게 처리할 수 있지. 책의 유통 경로를 막아 버리면 끝나는 것일 테고. 문제는 티엔인데, 티엔을 유인해 중화인민공화국으로 데려오시오. 공산당 내부 설계에 동참하란 얘기요. 티엔은 화교 세력을 등에 업고 있거든. 사고뭉치지만 그 인간 배후가 장난 아니란 얘기요. 그러니 티엔을 끌고 오시오. 안 그러면 한국 쪽 정인부터 정리할 거요. 티엔은 우리도 함부로 건드리지 못하니까 우선 내버려둘 것이고. 당신부터 정리할까?"

나는 여전히 웃었다. 나는 벽으로 다가가 벽에다 등을 댄 채 팔과 다리를 쫙 벌렸다.

"내가 알고 있는 티엔은 매우 소박한 사람입니다. 중화 지식인 작가이긴 하지만 중앙당의 대변인은 아니잖아요? 그런 타이틀도 싫어하고."

키가 작은 사내는 내 반응이 놀라웠는지 테이블에 올린 다리를 아래로 내렸다.

"향후 티엔이 중앙당이 인정하는 중국 최고의 작가 주석이될 수는 없소. 지식인이긴 하지만 너무 회색적이거든. 중앙당의지식인 대표가 티엔처럼 회색적이면 나라가 제대로 굴러가질않아요."

"그의 목적은 중앙당의 대변인도 아니고 중앙당이 인정하는작가 주석도 아니랍니다. 회색인이 아니라 낭만주의자고 소박한 사람이죠."

"협상하자니까. 정인 두 명의 목숨이 달렸잖소?"

나는 눈을 뜨지 않은 채 십자가처럼 벌린 팔에 힘을 주었다.

"어떻게 협상하자는 건가요?"

"티엔을 만리장성이나 정신병동 같은 곳에 가둘 생각이오.그렇지 않으면 위험해지는 인물이니까. 만리장성이나 정신병동에 가두면 면회를 자주 가시오. 그럼 당신의 활동범위를 확장시켜 줄 것이오."

"그럴 필요 없이 나를 가두세요. 나 같은 번역자는 수없이 많

을 텐데 나를 놓아 줄 가치가 있나요? 티엔의 작품을 국외로 소
개하는 건 나잖아요. 그의 사상이 회색이라면 나도 그렇겠네요.
아닌가요?"

나는 그 이상한 벙커가 두렵지 않았다.

사내들은 머리를 맞대고 중언부언했다. 나는 여기저기에서
내 가슴을 겨냥하고 있는 총구의 단맛을 느꼈다. 중화인민공화
국이든 중화든 공산당이든 서방이든 남방이든 북방이든 동방이
든 하여간에 두려워할 필요는 없었다. 무기가 왜 없단 말인가?
내 스승의 텍스트가 있지 않던가? 나의 진실한 친구 티엔이 있
지 않던가? 쏘라고. 니미럴. 쏘라니까. 우리들에겐 책이 있지.

그들은 나를 순순히 놓아 주었다. 나중에 들리는 소문에 의
하면 그 사내들은 파직되었다고 한다.

상하이작가회의가 열리는 마땅루(馬當路, 대한민국 임시정부 청사
가 있는 동네) 사무실은 정적이 흘렀다. 난로 속에서 장작 타 들어
가는 소리만 들렸다.

"어쨌든 우리는 좋은 친구니까 잘 지내자고. 상하이도서관
서가에 책 진열되는 문제로 너하고 싸우고 싶진 않아."

옌은 원의 옆으로 다가가더니 십일면관음보살상처럼 빠르게
움직여 대는 그의 팔을 붙잡고 슬슬 문질렀다. 그때 내 뒤에 앉
아 있던 상하이 도서관장 안 선생이 귓속말로 속삭였다.

"혁명을 겪어야 인간이 개조되는데…… 영구 보존? 영구 보존, 영원성, 부활, 그런 건 다 진부한 일상에 지쳐 스스로 관 속으로 들어가는 인간들의 언어 장난이지."

그러자 윈은 몸을 돌려 안(安) 관장의 턱을 후려갈겼다.

"그 장난 대열에 나도 끼우라고. 내 책을 영구 보존해. 그러면 주둥이 다물지. 니미럴! 시장성만 있으면 뭘 해? 도서관 서가에 진열되어야 영구히 보존되지. 내 책 진열하지 않으면 중화인민공화국 청소년 독자들 움직여서 상하이도서관 박살낼 거라니까."

안 관장이 고개를 약간 수그리자 윈은 다시 한 번 턱을 갈겼다. 그러나 헛손질이었다. 안 관장은 의자에 걸린 코트를 거머잡고 바깥으로 걸어 나가면서 비아냥거렸다.

"인간은 개조되어야 해. 주기적으로."

중얼거리던 안 관장이 자리를 뜨고 나자 모여 앉은 사람들은 우리 안에 모인 닭처럼 호기심에 가득 찬 얼굴로 서로를 쳐다보았다.

윈은 주머니 안에서 담배를 꺼내 입에 물었다. 그리고 아편이라고 소리치며 앉아 있는 사람들을 향해 하나씩 집어 던졌다. 자리에 앉은 사람들은 총알이 날아오는 순간처럼 책상에 납작하게 엎드렸다.

"인간 개조? 저 인간 서양 졸개군."

그러자 진 평론가가 일어서서 공안이라도 불러야겠다며 휴대폰으로 어디다 전화를 했다. 윈은 발을 치켜 올려 그의 휴대폰을 테이블 쪽으로 날려 버렸다. 진 평론가는 네 발 달린 짐승처럼 땅바닥에 엎드려 휴대폰을 거머잡더니 다시 한 번 전화를 걸었다. 그때 키들키들 웃던《인민일보》여기자가 내게 다가와 귓속말로 속삭였다.

"쟤, 정상 같아요?"

"누구 말예요?"

"저기 부주석 평론가 말이에요."

여기자의 화살이 진 평론가에게 돌아갈 무렵 출입구로 눈매가 날카로운 공안 두 명이 나타났다. 공안은 이 사람 저 사람에게 권총을 겨누며 아편을 뿌린 자가 누구냐고 소리쳤다. 그러자 인 교수가 내게 다가와 속삭였다.

"자네가 윈을 좀 데리고 나가게. 한국 문화 좋아하는 신세대 작가니까 할 말이 많을 거야. 근처에 대한민국임시정부 청사도 있으니 같이 둘러보게."

"나하고 나갈래요?"

나는 노트북을 들고 자리에서 일어서면서 윈이 뿌린 중화 담배 두 개비를 주웠다. 그것의 성분이 아편이든 대마초든 내겐 그다지 중요하지 않았다. 그 담배는 세계에서 제일 비싼 중화였다.

"우리 바깥에서 얘기 좀 할래요?"

원은 이내 표정을 풀면서 공안에게 거수경례를 했다.

"너지? 아편 뿌린 녀석!"

공안이 원에게 다가가서 묻자 그는 어깨를 으쓱거리며 해사하게 웃었다.

"아편 아니라 그 안에 돈 들어요."

진 교수가 일어나더니 수고가 많다며 공안 둘에게 중화 담배 개피를 내밀었다. 그들은 담배개피를 쥐고 이리저리 돌려 보더니 자리를 떴다.

내가 앞장을 서자 원이 슬금슬금 따라왔다.

작가협회 사무실 대문 왼쪽으로 꺾어 들자 원이 앞장을 섰다.

"1930년대 상하이 거리로 가 보실래요?"

"네. 시간여행을 해 보죠."

그는 여러 사람들과 함께 있을 때보다 한결 냉정을 되찾은 모습이었다. 손에 들고 있던 가죽점퍼도 단정하게 입었다.

나란히 보조를 맞추면서 5분 정도 걸었을까? 대한민국 임시정부 청사가 자리하고 있는 마땅루 333번지가 나왔다. 마땅루 333번지에는 1930년대 방식으로 운영되는 살롱 카페가 즐비했다. 대한민국 임시정부 청사는 살롱 카페의 뒷골목에서 방 한 칸을 얻어 작업하는 집무실 같았다. 한 무리의 한국인 관광객들이 임시정부 청사 안으로 들어가고 있었다. 나는 노트북을 껴안은 채 관광객 끄트머리에 서서 임시정부 청사의 낡은 대문을 바라보았다.

윈은 내 팔을 잡아당겨 작은 살롱 카페 안으로 이끌었다.

살롱 카페 분위기는 아시아의 자본주의 선두주자였던 1930년대 상하이의 풍경을 그대로 살려 둔 듯했다. 벽면에는 1930년대 배우들의 사진이 골고루 붙어 있었고, 제1차 세계대전 때의 나팔 같은 스피커에선 유키 구라모토(Yukki Kuramoto)가 연주하는 〈로맨스〉가 흘러나왔다.

"이거 피우면 기분이 상쾌해지나요?"

나는 담배 한 개비를 꺼내 들고 볼펜처럼 빙글빙글 돌렸다.

"위장이에요. 그냥 일반 담배니까."

"상하이도서관에 진열되는 책의 기준이 뭔가요?"

"모르죠. 책과 책이 서로 마라톤을 하는 모양입니다. 외국에서 출간되면 일단 진입 경로가 열린다는 말도 있지만 외국에 출간된다는 게 쉽지는 않잖아요."

"주위에 번역자들이 수두룩할 것 같은데요?"

"없어요. 그딴 거."

나는 30년대 여배우들 사진이 걸린 벽에 눈을 돌렸다. 나는 '그딴 거'에 속한 인물이었다. 꼭 식량을 구하기 위해 '그딴 거'를 계속해 온 것도 아니었다. 배가 고프다기보다 마음이 고팠다. 타인들에게 '그딴 거'에 매달리는 바보 같은 지식인으로 분류되는 것까진 받아들일 수 있었다. 문제는 쓰레기 같은 지식일망정 지식의 찬란한 환상에 내 마음을 묶는 것이었다. 그렇지 않으면 진부한 일상이라는 수소폭탄 때문에 지구촌에서 버틸 재간이 없었다. 지구촌에서 내가 세상 사람들과 비비적거리고 살 수 있는 방법이란 '그딴 거'에 매달려 노예근성으로 사는 것이었다.

벽에 걸린 여배우들의 시선에는 지루한 일상에 대한 염세주의가 매달려 있었다. 내가 벽 속으로 시간 여행을 한다고 해도 지루한 일상은 마찬가지일 것 같았다. 노트북을 펼쳐 인터넷 안으로 들어가 메일을 확인했다. 이형우가 보낸 메시지가 들어 있었다. "어제는 하루 종일 앓았어. 독감 때문이지. 독감에서 해방되면 곧 건너갈게. 한국에서 버티자니 매너리즘에 빠질 것 같아. 요즘 내가 쓰고 있는 작품의 제목은 《마라토너》야. 노트북을 들고 뛰는 마라토너 이야기. 작품 완성되면 메일로 부치지. 다시 연락할게. 감기 조심하고."

"내 얘기 들어요?"

"네. 들어요."

그때 유키 구라모토의 연주에 발바닥을 비벼 가며 춤을 추던 종업원이 윈에게 다가와 머리를 조아리며 호들갑을 떨었다.

"작가시죠?"

윈은 고개를 끄덕였다. 그의 유명세는 1930년대 거리에도 널리 퍼져 있는지, 치파오를 입은 종업원은 박수를 짝짝 쳐 가며 콩닥콩닥 날뛰었다.

우리는 종업원에게 커피를 주문했다.

주문을 받은 여종업원이 활짝 웃으며 커피 분쇄기가 있는 주방으로 달려갔다. 주방 안에 있던 남자가 앞치마를 두른 채 달려나와 윈의 최신작《다중인격자》를 내밀었다. 20대 초반으로 보이는 청년은 까만색 중국식 정장에다 까만색 앞치마를 두르고 있어서 마치 수도원에서 외출 나온 수도사 같았다.

"저, 사인해 주세요. 정말 재미있게 읽었어요."

윈은 초서체로 자기 이름을 휘갈겨 썼다.

"내 작품의 대중성은 한국에도 먹힐 거예요."

그것은 알 수 없는 일이라고 나는 대답했다. 중국 당대 문단의 기라성 같은 작가들 작품도 한국 독서 시장에선 요동조차 하지 않았다. 상대적인 논리가 적용되는지 이형우의 작품들도 중국 대륙에서 기를 펴지 못했다. 물론 문학을 전공한 대학원생들은 그의 작품에 감탄했다며 내게 이메일로 편지를 보내곤 했다.

수준 차이 같은 것이 있었다. 뛰어난 작품이 다수 있긴 했지만 이형우의 작품들처럼 동서양의 문학 세계를 아우르는 작품은 드물었다.

지금 내 앞에 앉아 있는 원은 중국 청소년들에게 엄청난 인기가 있지만 문학성이라곤 찾아 볼 수가 없었다.

"제일 많이 팔린 책을 소개할 테니 끌리면 번역해 주실래요?"

"어디요?" 날개 글만 읽어 보았다. '내 별명은 손오공이다. 나의 내면 속에는 열한 개의 손오공이 있다.'

"복잡한 캐릭터네요."

"1500만 부 팔린 베스트셀러죠. 안 팔리면 의미가 없다고 나는 생각해요. 이형우 작가의 작품은 몇 부나 팔렸나요? 열심히 번역하시던데."

그의 말을 들으면서 나는 창밖을 내다보았다. 기복이 없는 평지에 세워진 상하이는 지평선처럼 시계가 넓었다. 승용차들이 움직이는 큰길 사이로 인력거꾼들이 달려가고 있었다. 전속력으로 달리는 승용차의 바퀴에 인력거꾼의 페달이 끌려들 듯했다. 그러나 인력거꾼의 페달은 일정한 균형을 이루고 있었으며, 상하이의 석굴주택(돌로 만든 상하이 고전 가옥)과 어우러지는 하나의 추상화였다. 하늘을 찌르는 고층 빌딩이 날이 갈수록 늘고 있었지만 1930년대 거리를 재현한 골목에는 여전히 석굴 형태의 집이 즐비했다. 다만 인력거는 석굴 동네에만 있는 유적이었다.

"본인이 번역한 한국 책이 한 권도 안 팔리면 땅에다 묻는다죠?"

"노트북에 묻지요. 어디 다른 곳에 묻는 것이 아니라."

"노트북에 묻혀 세상 구경을 하지 못하고 있으니까 묻히는 것 맞군요. 베이징에 티엔이라는 작가가 있는데 그 친구는 안 팔리는 책, 팔리는 책 이렇게 양분해서 글을 써요. 안 팔리는 책은 침대로 만들어서 사용하고, 잘 팔리는 책은 베스트셀러니까 처리 문제를 고민할 필요가 없지요."

"저도 그 친구 좀 알아요."

"그래요?"

그는 상하이 출신이었으나 혀가 굴러 가는 베이징 표준어로 말했다. 내가 아무런 대답을 하지 않자 종업원을 불러 아메리카노 커피를 주문했다.

"하긴 진열에도 한계가 있으니까 침대로 만들기도 해야지요. 그렇지요? 안 팔리는 책을 위한 축제 방법 치고는 근사하네요."

나는 입을 다물었다가 헛기침을 했다. 초판 1500만 부 팔린다는 작가는 자기 책이 날개 돋친 듯 팔려 나가는 현상에 엄청난 자부심을 느끼고 있었다.

"상대적인 것 아닌가요? 팔리는 책은 팔리는 대로 고충이 있고 진열되는 책은 그 나름대로 고충이 있는 거니까."

"내가 처리해 드릴까요?"

"어떻게요?"

나는 눈을 동그랗게 떴다. 만리장성을 완주했을 때처럼 기분이 가벼워졌다.

"노트북 속에 내 책을 집어넣어 주세요. 그럼 내 블로그를 찾는 중국 독자들에게 이형우의 책들을 선전해 줄게요. 내 블로그의 위력을 모르시죠? 하루 방문객 수가 1천 만 명이 넘는답니다. 내 책을 당신 노트북 속으로 집어넣으면 오대양육대주를 날 수 있는 것이잖아요. 독자가 있어야 알려지는 것이고, 알려져야 서방 문학 세계도 장악할 수 있다고 나는 생각해요."

나는 고개를 끄덕였다.

종업원이 커피를 들고 와서 조심스럽게 그에게 내밀었다. '그것들'이 읽든 안 읽든 내겐 그다지 중요하지 않았다. 수많은 '그것들' 속에 나의 자아는 진작부터 뿌리를 내리고 있지 않았다. 내 익명의 감옥에 '그것들'과의 대화는 걸림돌일 뿐이었다.

그는 커피를 맥주처럼 다급하게 들이켰다. 나는 커피를 마시지 않고 얼굴을 후끈 때리는 커피 향기를 음미했다.

"책이 전혀 안 팔리는데 무슨 힘으로 일해요?"

나는 대답하지 않고 코끝을 적시는 아메리카노 향기에 취해 있었다. 그때 음악이 바뀌었다. 나는 모든 신경을 나팔 같은 스피커에서 흘러나오는 음악에 쏟았다. 때마침 지기 디아고스티노(gigi D'Agostino)의 〈라파씨온〉(La Passion)이 흘러나왔다. 1930년대 음반에서 흘러나오는 음악처럼 고혹적인 반주가 우리의 딱딱한 대화를 정화시키는 느낌이었다.

"책을 사랑하거든요."

"저자를 사랑하는 게 아니고요? 아니면, 책을 침대로 만드는 재미로 번역을 하진 않겠죠?"

"그럴 수도 있지요. 혹은 실컷 번역해 놓고 책이 출간될 기미도 보이지 않으면 책을 버리는 재미로 번역해요."

다시 시선을 창밖으로 돌렸다. 자전거 페달을 열심히 밟는 인력거꾼이 보였다. 값비싼 외제 승용차들이 인력거와 대조를 이루며 쌩쌩 내달렸다. 자전거를 개조해 만든 인력거는 외제 승용차와는 아예 속도 경쟁을 하지 않고 여유 있게 페달을 밟고 있었다.

"중국 문학과 한국 문학을 조소하는 재미로 사시는 분 같네요."

나는 고개를 숙인 채 바닥을 내려다보았다. 머리가 아팠다.

열 손가락을 쫙 펴서 이목구비를 짓누르고 싶었다. 나의 육신 그 구멍과 구멍 사이로 흐르는 핏줄이 인절미떡처럼 굳어지는 느낌이었다. 나는 1930년대 로맨스 살롱 카페에다 마음으로 글씨를 새겼다.

"국적은 다른데 나이가 비슷하면 이상하게 작품이 비슷해요. 그 때문에 양국의 거장들 사상이나 생각을 비교하면서 번역하는 재미를 누리죠. 출간되고 난 뒤의 텍스트 운명까진 내가 감당할 수가 없어요. 그건 텍스트의 운명이니까요."

"집착을 버리라는 얘기로 들리네요. 하지만 쉽지 않아요. 중국 문단의 비평가들은 나를 패스트푸드 작가라고 놀려 대고 있거든요. 그렇지만 나는 패스트푸드를 별로 좋아하지 않아요."

나는 허리를 숙여 양탄자 위에 올려 둔 노트북을 집어 들었다.

"제가 번역해 주길 바라시는 거죠?"

"도서관 진열되려면……."

윈은 목소리 톤을 내리고 눈꼬리마저 내렸다.

"도서관 진열에 왜 그렇게 집착하시죠? 베스트셀러 작가면 그것으로 충분히 보상받은 거라고 저는 생각하거든요."

"날고 싶어요. 오대양육대주를 향해."

"그럼 집착이라는 물귀신과 헤어질 수 있나요?"

"세상을 냉소적으로 비꼬는 것 아닌가요? 그거 좋지 않은 거예요."

나는 대답을 할 수가 없었다. 그때 옆자리에 앉았던 서양인 남자가 뜨거운 커피를 자신의 커다란 손바닥에다 부었다. 흑인의 사내는 잘 빚어 놓은 인형처럼 미남이었다.

"붕대, 붕대 없어요? 나는 죽고 싶어요."

그는 커피 잔을 들어 보이며 정확한 중국 표준어를 구사했다. 그러자 윈은 자신의 책《다중인격자》표지를 뜯어 라이터 불을 붙이더니 서양인의 손등에다 갖다 댔다. 사내의 손등에는 뜨거운 고무액체가 흐르는 듯했다. 포크를 집어 들고 한참 동안 윈을 노려보는 사내의 눈동자는 이글이글 타는 용암이었다. 그러나 아주 짧은 순간에 지나지 않았다. 사내는 일그러진 고무토막 같은 손등을 치켜들고 바깥으로 나가버렸다.

"나는 저 사내의 욕망을 처음부터 알고 있었어요. 자살을 하려는 게 아니라 쇼를 하고 싶은 거예요. 요즘 작가들 중에도 저렇게 쇼를 하는 인간들이 많아요. 특히 베이징 작가들의 중심으로 알려진 티엔은 일상의 진부함에서 달아나기 위해 별별 이상한 쇼를 다 부리죠. 소문에는 화교 세력을 등에 업고 지식인 혁명을 일으킨다고 하지만, 심심해서 일어나는 질병이에요. 그쪽은 그 친구가 누군지 잘 모르겠지만 말입니다."

나는 티엔이 누군지 잘 모른다고 대답했다. 그렇게 대답하는 게 편할 것 같았다.

"혹시 오토바이 타겠어요?"

나는 한참 생각하다가 고개를 끄덕였다. 나는 원 작가와 함께 자리에서 일어섰다. 출입구의 계산대에는 치파오를 입은 숙녀가 앉아 있었다. 원 작가가 그녀에게 차값을 계산하려고 했으나 한사코 받지 않았다.

1930년대 거리의 가로수는 벚나무였다. 주차장까지 가는 동안 진눈깨비 같은 하얀 벚꽃이 사람들의 어깨 위로 쏟아졌다. 쏟아지는 벚꽃을 피하려고 고개를 숙이면 달빛 같은 민들레꽃이 눈을 찔렀다. 신발로 즈려 밟는 벚꽃송이에서 거문고 소리가 들렸고, 노란 비단처럼 흔들거리는 민들레꽃에서 재즈 음악이 들렸다.

주차장에 세워진 그의 오토바이는 외계인이 타고 온 비행접시처럼 육중했다. 그가 내미는 헬멧을 쓰고 뒷자리에 앉자 로켓에 승차한 것처럼 들떴다.

오토바이가 신천지에서 상하이도서관으로 커브를 틀 무렵 목화꽃송이 같은 안개의 덩어리가 끈적끈적한 점액질에 묻어 우리의 시야를 방해했다. 끈적이는 점액질의 실체는 무엇인지 알 길이 없었다. 안개가 뿜어 대는 소리 없는 아우성 같기도 했고 누군가가 흘린 엄청난 분량의 피 같기도 했다. 그 끈적끈적한 점액질은 도시의 아스팔트를 강제로 삼켜 물컹한 액체로 녹여 버릴 것 같았다. 내가 등에 짊어지고 있는 노트북 가방도 물컹한 액체 속으로 빨려들 수 있다는 생각이 들었다. 나는 순간적으로 팔을 뒤쪽으로 돌려 노트북 가방을 안았다. 그 순간 그 끈적끈적한 점액질은 오토바이를 삼켜 버렸다.

오토바이가 보이지 않았다. 상하이도서관 보도블록 위에 나는 나동그라졌다. 팔과 다리가 제멋대로 노는 것 같았지만 나는 우선 노트북을 껴안았다. 보도블록 노면에 부딪친 노트북은 모니터와 자판이 분리되어 두 조각으로 갈라진 접시 같았다. 자판을 집어 올리자 사지육신이 다 뜯겨나간 해골이었다.

안개 무더기 속으로 빨려 갔던 윈이 오토바이를 돌려 내게로 돌아왔다. 그는 길거리에 오토바이를 파킹시켜 두고 지나가던 택시를 잡았다. 그는 조수석에 타고 나는 너덜너덜 떨어진 노트북을 껴안은 채 뒷자리에 탔다. 팔과 다리에 벌건 피로 얼룩이져 피부는 적색 목련 같았다. 그다지 아프다는 생각은 들지 않았다. 벌건 피를 보자 통증이 느껴졌지만 고개를 돌리면 도로가에 하얗게 떨어져 내리는 벚꽃이 보였고, 콘크리트 바닥 위로 굴러다니는 자전거 페달들이 보였다.

"다 깨진 노트북을 끌어안고 있어요? 내가 사 드릴게요."

"내 방식의 폭탄제조기니까요."

"작업한 파일을 복사해 두지 않았어요?"

나는 대답하지 않았다. 여러 개의 복사본이 있었지만 복사본과 원본은 달랐다. 나는 원본에 집착했다. 택시가 상하이화동병원 방향으로 접어들자 자동차들이 빽빽하게 들이차 자동차는 걸어가는 사막을 걸어가는 낙타처럼 느렸다. 자동차 속력이 늦어지자 팔과 다리에서 진딧물 같은 피가 흘러나와 주전자 속의 물처럼 끓었다.

병원에 도착하자 북적대는 인파가 핏빛처럼 눈앞을 가렸다.

"여기서 기다리세요."

나는 병원 안내 데스크의 나무의자에 앉았다. 윈은 접수대와 진료실을 오락가락 뛰어다녔다. 핏빛 번진 손아귀로 휴대폰을 거머잡았다. 몇 사람과 통화를 시도해 보았지만 전화를 받지 않았다. 네 번째 통화가 된 것은 티엔이었다. 병원에 입원하자면 외국인 신분인 나로선 보증인이 두 사람 필요했다.

"왜, 오토바이를 타는 거요?"

티엔은 길게 말하지 않고 윈을 바꾸라고 말했다.

한참 동안 통화를 하던 윈은 전화를 끊으면서 짜증을 냈다. 간호사 네 명이 들것을 들고 와서 나를 태운 뒤 특실로 옮겼다.

"나 혼자 있어도 되니까 그만 가 보세요."

"아깐 왜 티엔을 모른 척했나요? 티엔의 절친한 친구인 줄 몰랐잖아요. 그 인간 성질 지랄인데. 내가 지금 이 상태로 집으로 돌아가 버리면 난리를 칠 텐데요?"

"상관없어요. 내가 혼자 있고 싶으니까요."

그럼 퇴원하는 날 오겠다며 윈은 병실을 나갔다. 간단한 치료가 끝나자 병원의 하루는 무료했다. 붕대가 감긴 손으로 노트북을 조립했다. 깨진 모니터를 도려내고 자판을 제자리에 끼웠더니 바둑판 모양의 피아노가 만들어졌다. 건반을 두드렸다. 소리 없는 피아노를 두들겨 대는 순간 손가락 끝에서 시간을 조율하는 신이 나타나 하루 24시간을 12시간으로 단축해 주었다.

퇴원하던 날 이형우에게 전화가 걸려 왔다. 차창으로 내다보이는 병원 정원의 라일락이 공중을 향해 향기를 뿌려 댔다.

"여긴 몽골이오. 며칠 혼자 여행하는 길이오. 내일 베이징에서 기차 타고 내려갈 테니 상하이 역으로 마중 나와 주오. 보고 싶군."

전화기 속에서 몽골의 모래바람이 세차게 울었다. 사막 한가운데서 몽골 여인이 창을 부르는 소리도 들렸다. 몽골 여인의 창에는 그리움에 지친 여인의 한이 녹아들어 있었다. 이상한 일이었다. 나는 자주 몽골 여행을 갔는데, 그 초원의 들판에서 들리는 여인들의 창에는 서러움이 배어 있었다. 집을 떠난 목동을 기다리는 유목민 여인들의 처절한 눈물을 목격할 때마다 나는 열 손가락을 모아 잡고 나의 이목구비를 후벼 팠다. 그 순간 나의 이목구비 안으로 창창창창 스며드는 유목민 여인들의 비명 속에 모래돌풍 같은 핏빛이 보였다. 나의 오감이 터지듯 아파오는 순간, 나의 눈과 귀에 아로새겨지는 이형우 목소리는 영원성의 아리아였다. 끈적끈적하게 달라붙은 영원성 곡조는 만리장성 주춧돌, 화강암의 연결고리, 그 질긴 찹쌀풀이었다. 이형우의 책을 번역해 세상에 길이 남는 책으로 만들겠다는 내 욕망은 한의 노래이자 무지개를 따겠다는 환상이었다.

"알겠습니다."

모래바람 속에 뒤섞인 그의 음성은 전화기 속으로 사라졌다. 모니터가 깨진 노트북을 배낭 속에 넣었다.

오후에 윈이 찾아와 퇴원 수속을 밟았다.

"다행히 티엔에게 연락이 오지 않았더군요."

"잔소리할 타입은 아니니까요."

"티엔을 정말 잘 아는군요?"

"그냥 좋은 친구예요."

윈은 깜짝 놀랐다.

그의 차를 타고 상하이 외곽에 있는 나의 작업실 유채꽃 동네(칭푸라는 고유명사가 있지만 유채꽃이 많이 핀다고 해서 그렇게 부른다)로 들어서자 온 세상이 노란 유채꽃밭이었다. 윈은 골목 입구에서 나를 내려 주고 떠났다.

골목길로 들어서자 수레에 앉아 정신없이 책을 읽던 고물장수가 인사를 했다.

"책 버릴 때 되지 않았나요?"

"며칠 있다가 버릴 거예요."

고물장수는 씩 웃으며 수레에 앉더니 다시 고개를 수그리고 독서에 열중했다. 골목과 골목을 굴러다니는 한 다발의 유채꽃이 하나의 칼처럼 그의 목덜미를 쳤다. 그래도 고물장수는 담담한 자세를 고수했다. 어딘가에서 수집한 고물 책을 읽느라 전신을 두루마리처럼 말아 버린 고물장수는 도자기를 굽는 장인 같았다. 나는 작업실 입구로 들어서면서 몇 번인가 골목 가운데 앉아 책에 미쳐 있는 고물장수에게 눈길을 돌렸다. 바람이 불어 왔다. 한 다발의 유채꽃이 달려와 얼굴을 찔렀다. 나는 열 손가락을 들어 얼굴의 구멍구멍을 꼭꼭 누르면서 작업실 안으로 들어섰다. 작업실 창가의 쇠창살에 하얀 햇살이 수건처럼 걸려 있었다.

5

그는 중화민국 벌판에서 길을 잃은 것일까?

상하이 역 대합실은 5월인데도 한여름처럼 더웠다. 벌써 세
시간째 기다리고 있는데 그는 쉽게 모습을 나타내지 않았다. 기
차는 예정대로 도착했다는 자막이 연달아 깜박이다가 사라졌
다. 나는 옆구리에 낀 노트북을 왼손으로 붙잡고 오른손으로 전
원을 켰다. 3년 내내 노트북 속에서 웅크린 채 세상 구경을 하지
못하고 있는 번역본을 읽고 있자니 갑자기 두통이 치민다. 작업
도중에도 두통이 치밀면 이성적으로 행동할 수가 없었다. 나의
두통은 매우 우발적으로 생기는 고통의 산물이었다. 두통이 심
해지면 뇌가 터지는 것처럼 아팠고, 귀가 칼로 도려내는 것처럼

아렸다.

두통이 사라지지 않아 노트북을 번쩍 치켜든 채 역사 출구를 향해 내려치려는데 순찰을 돌던 경찰관이 다가왔다.

"무슨 일이오?"

"아, 아무것도 아닙니다. 운동하던 중입니다."

"테러리스트인 줄 알았잖아요."

나는 들고 있던 노트북을 내려서 경찰관에게 보여 주었다. 그들은 고개를 끄덕이며 상하이 역사를 빠져나갔다.

나는 휴대폰으로 전화를 해 보았다. 전화기는 꺼져 있었다. 노트북을 가방에 넣고 다시 등에 짊어 맸다. 역사의 유리창에 비치는 내 모습은 전쟁터에 나가는 병사처럼 심각해 보였다. 주변을 한참 두리번거리다가 상하이 역사 대합실 오른쪽에 있는 간이 커피숍을 발견하고 그 안으로 들어갔다. 이동하는 작업실이 발견되자 탱고춤을 추는 순간처럼 흥겨워졌다. 왼쪽 창가의 테이블에 노트북을 올려놓고 비엔나풍의 의자에 몸을 묻었다. 마침 스피커에서는 중국 유행가 〈달빛이 내 마음을 대신 한다〉가 흘러나와 커피숍 분위기가 한낮인데도 달밤처럼 은은했다.

상하이 역사 안에 있는 커피숍에서 커피 한 잔을 주문해 놓고 나는 노트북으로 작업을 시작한다. 상체를 온통 기울인다. 고개와 눈동자 그리고 두 손까지 노트북 속으로 밀어 넣고 있는데

인기척이 느껴진다.

"여전히 노트북 속에 빠져 있군."

나는 고개를 들었다. 수천 개의 눈동자를 지닌 태양이 커피숍의 통유리창 안으로 스며들었다. 태양은 어디 멀리 있지 않고 바로 내 눈앞에서 갈등 어린 눈빛을 쏘아 대고 있었다. 통유리창을 깨부수고 갑자기 나타나 내 얼굴에 드리운 그늘을 다급히 앗아간 태양의 눈동자는 불안한 자아를 지닌 초원의 말 같았다. 몽골 초원의 말들은 불안한 자아를 지닌 채 지평선을 향해 내달렸고 그 초원의 목동은 무지개를 따야 한다는 집착에 시달렸다.

"오셨어요? 몽골 여행은 어땠나요?"

"몽골 전통 가옥에서 며칠 즐겁게 보냈어요. 혼자 집을 지키는 한 여인을 만났지. 유목민이니까 그럴 수 있겠는데, 목동 남편이 집을 떠난 지 1년이 되었다고 하더군. 그 여인이 정확하게 한국어를 구사해서 의사전달에는 문제가 없었지. 저녁이 되자 여인은 무슨 얘기 끝에 합방을 하자고 하더군. 처음에 난 고개를 갸웃했지. 그 여인은 두꺼운 몽골 옷을 입고 있는데다 성적인 매력이라곤 눈곱만큼도 없어 보였소. 그런데 정작 옷을 벗자 벽화 같은 자태가 드러났지. 게다가 여인은 나의 배에 오르더니 내 몸의 묵은 때를 다 벗겨 내듯이 리드미컬하게 움직였소. 여기서 내가 당신에게 얘기하고자 하는 것은 그 여자의 성적 매력이라기보다는 체위요. 여자는 내 배 위에 있었고 나는 바닥에 드러누워 있었거든. 오르가슴을 느낀 건 여자가 아니라 나였는데, 여자는 인내심에 길들여진 노예처럼 입을 꼭 다물고 있더군. 나중에 여자는 한바탕 눈물을 흘렸소. 그것이 그 여자 방식의 오르가슴이었는지 그건 잘 모르겠소. 5일간 그 여자 집에서 지냈지만 나의 오르가슴은 일회성으로 끝나야 했소. 몽골 땅을 떠나던 날 나는 몇 번인가 짐을 풀고 싶었는데, 다시 느끼고 싶은 오르가슴 때문이라기보다는 초원의 무지개가 내 살을 파고들었기 때문이오."

"감동적인 얘기군요."

나는 무덤덤하게 대꾸했다. 그러자 이형우는 어색했던지 티엔의 책《헛소리》를 천천히 뒤적거렸다.

"커피 드시겠어요?"

나는 비엔나풍의 의자를 그에게 내밀었다. 그는 앉지 않았다.

"가지. 어디든지……."

"상하이날개대학에 잠깐 들렀다가 충칭(重庆)으로 갈 생각인데, 괜찮으세요?"

"어차피 개처럼 끌려 다니는 인생 아니오? 끌면 끄는 대로 따라가지."

그는 왕소군백화점에서 바겐세일 하는 판매원처럼 앞장서서

부산하게 걸어갔다. 역 대합실에서 움직이는 사람들의 발자국
은 일정한 스텝을 이루고 있었다. 그러나 대합실을 벗어나자 일
정한 스텝은 산만하게 흩어졌다.

상하이 역사를 벗어나자 사람들로 인산인해를 이루었다. 마
침 상하이 역사 옆에 세워진 왕소군백화점에서 특별 할인행사
를 하고 있었기 때문에 인도는 물론 도로까지 사람들이 포진하
고 있었다. 택시를 타려고 해도 엄두가 나지 않았다.

"선생님이 저를 끌었잖아요? 선생님이 제 인생의 교통수단
인걸요."

"책이란 연결고리 때문에 내가 반평생을 끌려 다녔지. 책이
뭔지, 대관절!"

"그 반대 같은데요……."

"반대라면 미안하고."

거리에 나서자 일군의 청년들이 행군을 하며 외치는 소리가
들렸다.

중국인은 인민을 사랑하지만 당은 인민을 사랑하지 않는다.

당은 인민을 사랑하지 않는다.

당은 인민을 사랑하지 않는다.

앞장선 청년이 "중국인은 인민을 사랑한다"라고 외치면, 뒤
따라가는 열댓 명의 청년들이 "당은 인민을 사랑하지 않는다"는

말을 연달아 외쳤다. 그러나 오리떼 같은 자동차들이 경적을 울리자 청년들의 함성은 안개처럼 흩어져 버렸다.

인민광장에 세워진 대형 입간판에는 '마오쩌둥 주석 부활'이라고 쓴 현수막이 너풀거렸다. 대형 입간판은 상하이박물관과 인민정부 사이에 서 있어서 마오쩌둥 주석의 부활이 아니라 티베트 문화의 부활처럼 느껴졌다. 상하이박물관 앞에는 '티베트 문화 특별 전시회'가 열린다는 현수막이 걸려 있었기 때문이다. 인민광장에서 산책을 하던 시민들은 대형 입간판을 무대로 사진을 찍었지만, 박물관 안으로 들어가려는 서양인들은 한 번씩 거들떠보기만 할 뿐 별 관심을 두지 않았다. 서양인들 대부분은 '티베트 문화 특별 전시회'라는 현수막이 너풀거리는 박물관을 무대로 사진을 찍었다.

두 개의 입간판을 유심히 바라보던 그가 티엔의 책을 빠르게 펼치며 어깨를 으쓱거렸다.

"쌍방의 거울이지. 누구 혼자만의 거울이 될 수 있나?"

"제 거울은 아직 엉성해서 제 내면을 비출 수가 없네요. 그래서 선생님의 거울로 제 내면을 확인하곤 하죠."

인민광장의 현수막을 배경으로 사진을 찍는 인파들은 점점 늘어나 이무기처럼 길어졌다. 광장 중심에 자리한 박물관 입구에도 사람들이 만리장성처럼 기다랗게 줄을 서 있었는데, 그것은 장례식 행렬처럼 숙연해 보였다.

"냄새나는군. 인민공화국 냄새 지독하지 않소?"

나는 코를 킁킁거렸다. 지하철을 기다리는 인파 속에서 땀 냄새가 후끈하게 풍겼고 로봇처럼 빼어난 미모를 지닌 한 숙녀가 우리 앞을 지나칠 때 재스민 향기가 풍겼다. 나는 고개를 수그리고 내 체취를 맡아 보았다. 이목구비가 닫힌 것인지 내겐 아무 냄새가 나지 않았다.

"불편하시면 택시를 이용하시겠어요? 지하철을 타면 냄새가 나니까요."

"상관없어. 중화인민공화국을 어제 오늘 여행한 것도 아닌데. 냄새에도 익숙해져야지. 그런데 만리장성 지하 벙커에 지식인들이 떼거리로 모여 있다고?"

"네. 소설로 역사를 굽는대요."

"심심해서 난리들이군. 인문학도 굽는다며?"

"저작권 때문에 그럴 거예요. 장자, 묵자, 관자, 맹자, 공자, 노자, 주역 전부 판권 받아야 한다고 떠들어 대거든요."

"놀고들 있네."

그는 오랜만에 큰소리를 냈다. 나는 조용히 하라는 뜻으로 입가에 손가락을 대고 휘파람을 불었다. 상하이는 국제도시고 개방된 문화를 받아들이고 있었지만, 지하철 역사 곳곳에는 몰래카메라가 포진되어 있었다. 우리는 둘 다 중화인민공화국 인민이 아니라는 것도 잊지 말아야 했다.

내가 인상을 찌푸리자 그는 이내 조용해졌다.

상하이화원 역에서 지하철을 기다렸다. 먼발치에서 보이는 상하이화원 대저택은 중세의 왕궁처럼 돋보였다. 주변의 건물들이 실용성 위주로 마구잡이로 지은 고층 빌딩이었기에 3층의 단독 저택들로 에워싸인 20동의 상하이화원은 첨탑으로 이루어진 종교 시설처럼 아담한 예술품 같았다.

"저 동네 건축물은 서구적인데."

그는 먼발치에서 상하이화원을 손짓했다. 나는 비로소 얼굴을 펴고 웃었다.

"저 동네를 건축한 사람은 싱가포르 국적의 화교예요. 몇 채의 단독 주택을 분양하지 않고 비워 둔 채 상하이를 찾는 예술가들에게 간혹 무료로 제공한답니다. 여름이면 저곳을 찾는 예술가들이 적지 않아요."

나는 그리움이 가득한 눈길로 상하이화원을 바라보면서 그에게 설명했다.

"왜 떠났지? 저 동네."

나는 아직 나의 스승에게 내가 왜 전 남자친구와 헤어졌는지 구체적으로 말하지 않았다. 구체적으로 말해 버리면 한없이 초라해지는 내 자신도 문제였지만, 그의 마음이 내 쪽으로 기울어져 그가 자기 집으로 돌아가는 길을 잃어버릴까 봐 두려웠다. 나는 집착했지만 그는 내게 집착하지 않았고, 오직 자기 정신세계의 동반자이길 희망하는 듯했다. 나는 집착했지만, 그가 자신의 아내를 버리고 달려오는 걸 원하지 않았다. 나는 이형우와 티엔의 책으로 만들어진 목관으로 작업대를 만들어 작업했고, 딱딱해진 몸을 유지한 채 집착하지 않으려고 노력했다. 때문에 내 몸은 어차피 소금기둥으로 이루어진 딱딱한 돌이었다.

2년간 동거했던 전 남자친구는 나보다 나이가 열다섯 살 많은 화교였다. 사교클럽에 드나들기 좋아했던 그는 간혹 동행을 제안했지만 나는 그때마다 거부했다. 사교클럽보다는 책이 좋았다. 책을 좋아하지는 않았지만 그는 매우 건강한 사람이었다. 또 이중적인 성격의 소유자이기도 했다. 나와 둘이 있을 때면 아주 인색하게 굴었지만 타인들과 함께 있을 때는 신사였다. 사교클럽에서 그의 목소리는 우렁찼고, 타인의 중심에 자리 잡고 앉아 돈을 쓰는 재미로 통쾌감을 얻곤 했다. 여럿이 있을 때면 내게 친절하게 굴었다. 여럿이 있으면 나에게 간혹 사랑한다는 말도 했다. 여럿 있을 때 미친 척하고 뱉어 내는 말이었다. 우리 둘만 있을 때 그는 내게 한 번도 사랑한다는 말을 하지 않았다. 나역시 마찬가지였다. 나는 문학 작품에만 매달려 살았다. 내가 사랑한 것은 책이었다. 책은 위선을 떨지 않았으며, 책은 군중 속에 있어도 조용한 소통이 가능한 존재였다.

또 있다. 내게 진정한 친구가 되어 준 것은 노트북이었다. 내 노트북은 마법사처럼 내 가난한 영혼을 끌어당겼고, 사람보다는 활자 속에서 친구를 찾으려고 애쓰는 내 존재방식을 기꺼이 인정해 준, 스승 같은 생명체였다. 노트북이 내게 없었다면, 대륙의 커피숍과 도서관에 내 영혼을 접목시킬 수 없었을 것이다. 대륙의 황량한 벌판을 두더지처럼 헤매고 다니는 동안 그것은 나를 구원해 주는 배터리였다.

"지금은 감옥 같은 동네에 살아요. 하지만 안전하니까 작업하기에는 좋아요."

"한국에 들어와서 살 생각은 없나? 만일 그럴 마음이 있으면 내가 작은 작업실 하나 빌려 줄 용의가 있는데."

"여기가 좋아요. 익명의 자유가 좋으니까요. 중국 문단 작가들과 소통하는 재미도 있고요."

"하긴 여기 있어야 그동안 고생했던 일들이 결실을 맺긴 하지. 절반의 중국인 아닌가? 번역자로 성공하자면 여기 있는 게 좋긴 좋아."

"네. 저도 그렇게 생각해요."

지하철 1호선을 기다리고 있는데 레일 위로 벚꽃 같은 햇살이 희끗희끗 내려 비추었다. 대낮인데도 술에 취한 한 청년이 '마오쩌둥 주석'을 외치며 마오쩌둥 주석 얼굴이 박힌 벌건 지폐를 지하철 레일로 뿌렸다. 허연 햇살과 함께 하늘에서 떨어지는 지폐는 자작나무 숲으로 떨어지는 낙엽 같았다. 외지인으로 보이는 한 사내가 레일 아래로 내려가 돈을 줍겠다고 허우적거렸다. 지하철이 들어오는 소리가 들리는데도 사내는 돈을 줍느라 혈안이 되어 상체를 수그린 채 땅을 긁었다. 마치 이삭 줍는 농부 같았다. 지하철역에는 수많은 인파가 있었지만 아무도 사내의 동작에 관심을 보이지 않았다. 지하철이 뱃고동 같은 경적을 울리며 레일 안으로 바짝 고개를 들이밀었다.

주위를 두리번거리던 그가 레일 아래로 가방 끈을 내려뜨렸다. 그제야 지폐 줍기에 정신을 팔고 있던 사내가 가방 끈을 잡고 인파 속으로 끌려 올라왔다. 그때 육중한 지하철 문이 열렸다. 사내는 쏜살같이 지하철을 탔다. 그와 나 역시 많은 인파에 묻혀 파도에 휩쓸리듯 전동차 안으로 들어갔다.

"이번에는 나 혼자 나왔지만 다음번에는 아내와 함께 나올 생각이오. 아내는 의사인데, 중국을 아주 좋아하지. 서로 인사하고 지냈으면 하는데? 아직은 아니고, 몇 달 뒤에."

"네. 저로선 영광입니다."

그에게 말하진 않았지만 나는 그의 아내를 몇 번 본 적이 있다. 내가 몰래 훔쳐본 것이다. 그의 아내는 서울 강남 일대에서 소문난 성형외과 의사였고, 코 담당이었다. 그녀는 신의 손을 지녔다는 소문이 있었고, 강남 일대 여성들의 코가 대부분 그녀의 손끝에서 빚어졌다고 해도 과언이 아니었다. 그녀의 손끝이 도예가의 손길처럼 섬세하다는 소문이 자자했는데, 그 섬세한 손끝으로 이형우의 피부를 마사지할 때 그가 내질렀을 탄성이 내 귀에 들렸다. 중화인민공화국의 허허벌판을 거닐고 있을 때도 들렸고, 책으로 만든 침대에 앉아 작업을 할 때도 들렸다. 질투의 감정과는 달랐다. 내가 그녀를 질투할 이유는 없었고, 질투할 자격도 없었다. 하지만 그 리드미컬한 손가락 끝으로 나의 피부를 사랑해 준다면 나도 한번 단 한순간이라도 탄성을 지르고 싶었다. 아, 살았구나. 살았구나. 나는 살아 있구나.

"한국 들어오기 싫으면 프랑스는 어때요? 파리 인근에 작은 집이 하나 있는데, 생각 있다면 빌려 줄 수 있어요. 나야 1년에 몇 번 잠시 들리는 곳인데. 프랑스에서 살고 싶다고 하지 않았었나? 주로 중국에 있으면서 게스트룸처럼 사용하면 어떨까?"

"중국에서 번역자로 자리를 굳히려면 아직 더 적응해야죠. 당분간 계속 살아갈 생각입니다."

"작업한 내용은 이메일로 보내면 되지 않나?"

"중국은 얼굴을 맞대고 원고를 고쳐야 해요. 그렇지 않으면 편집자가 전혀 다른 의미의 글로 편집해 버리는 수가 많아요."

"고생 많군."

"아뇨. 제가 좋아서 하는 일인데요."

나는 위선을 떨었다. 내가 묻고 싶은 것은 프랑스 파리 인근에 있다는 그의 별장으로 갈 때 아내를 동반하느냐는 것이었다. 우리는 단지 저자와 번역자의 관계였지만, 시간이 지나면서 나는 그의 고독한 가슴에다 무엇인가를 채워 주고 싶었다. 물론 현실 속의 그는 별로 고독하지 않았고 두려움도 없었다. 하지만 그의 작품 서른 권을 전부 외워 버린 나는 그 자신도 인지하지 못하는 버릇도 알았고, 단어와 단어 사이에 슬쩍 끼어 있는 고독의 실체도 인식할 수 있었다. 그는 진부한 일상이라는 작두 앞에 목을 들이민 사형수였다.

붉은 장신구를 가슴에 안고 있던 한 여자가 방향을 틀더니 그를 향해 '니미럴' 욕지거리를 내뱉고 돌아섰다. 그는 내게 무슨 뜻이냐며 눈짓으로 물었다. 나는 대답하지 않았다. 전동차가 멈추자 여자는 붉은색 재킷을 추켜올리며 다시 한 번 욕을 하더니 열린 문으로 내렸다.

"일전에 중국 작가들과 많이 교제하라고 그러지 않았나요? 여기 있으면 중국 작가들과 교제할 수 있지만 프랑스는 낯설어요."

"그건 그래. 중국 작가들과 경계선 없이 교제해야 한국 문학이 살지. 다만 여기 있으면 내가 도울 길이 없어서 안타깝다는 얘기야."

그는 티엔의 작품집을 펼치며 중얼거렸다. 나는 징그러운 나의 숙명에 대해 잠시 생각했다. 그가 제의하는 프랑스 파리로 가서 철저한 익명의 존재로 유럽 문화에 젖어 살아갈 수도 있었지만 나는 그 길을 선택할 수 없었다. 나는 딱딱한 나무토막 같은 내 육체로 그의 쓸쓸한 정신을 달랠 수 없는 숙명을 지니고 있었으므로, 중화민국 벌판에서 모래알이 되는 한이 있더라도 그의 책을 짊어지고 만리장성으로 올라가야만 했다. 우리의 만리장성을 쌓아야 했다.

"이 친구 아이덴티티가 어디에 있을까? 마오쩌둥 주석은 아니고. 잉숑은 마오쩌둥 주석과 마오쩌둥 주석은 잉숑과 손을 잡았더군. 이 친구 작품에서 니체 냄새가 풍기긴 하는데, 그건 어디까지나 껍질일 뿐이고. 이 친구 혹시 공자를 꿈꾸나?"

나는 그의 손에 든 티엔의 소설 표지를 꼼꼼히 들여다보았다. 그 표지에는 입을 크게 벌리고 당근을 열심히 깨물어 먹고 있는 공자의 얼굴이 그려져 있었다. 하지만 그것은 한국에서 출간된 책이었다. 표지 디자인 역시 한국에서 한 것이다.

"그는 중국 당대 문학의 냉소주의자예요. 공자 사상과는 거리가 멀다고 생각합니다. 차라리 장자에 가깝죠. 사회주의 방식의 장자이긴 하지만."

"사회주의 방식의 장자라? 일탈인가? 혁명?"

나는 웃었다. 그는 《헛소리》 표지를 들여다보느라 고개를 푹 꺾었다. 내가 생각하는 장자 철학의 핵심은 즐거움이었다. 다면경 하나를 만들어 자기 주변의 이런저런 상관물을 다면경으로 비추어 가며 유유자적하며 어디서나 즐기며 살아가는 거였다. 쓸쓸하면 쓸쓸한 대로, 배고프면 배고픈 대로, 인간의 유혹이 번거롭다는 생각이 들면 간혹 무덤 속에 기어들어가 노래를 부르며 삶과 죽음의 경계선까지 넘나드는 거였다. 굳이 비유를 하면, 티엔은 알렉산더 같은 존재가 아니라 디오게네스 같은 존재였다.

내가 헛된 망상에 젖어 있을 때 한 노파가 허리를 구부린 채 우리 곁으로 다가와서 손을 내밀었다. 노파의 손바닥에는 다섯 통의 껌이 놓여 있었다. 《헛소리》 책자에 사지육신이 쏠려 있던 이형우는 노파가 재킷의 소맷부리를 끌어당겨도 꼼짝하지 않았다. 그러나 노파의 동작은 집요했다. 아예 손에 있던 껌을 가방에 넣은 뒤 두 손으로 그의 재킷에 매달렸다. 그 모습은 껌을 팔러 다니는 노파가 아니라 책을 먹으려고 따라다니는 거머리 같았다. 이형우는 책에서 눈을 떼지 않고 구둣발로 노파의 정강이를 걸어찼다. 노파는 지하철 바닥으로 나뒹굴었고 몇 사람의 승객들 발에 밟혀 하늘빛 치마가 사막의 선인장이 되었다. 나는 허리를 수그려 노파에게 손을 내밀었다.

그러자 노파는 벌떡 일어나 하늘색 치마에 묻은 흙을 툭툭 털었고, 성에처럼 하얀 머리카락에 소털처럼 긴 먼지 입자들을 없애느라 고개를 팽이처럼 빠르게 돌렸다. 그 때문에 노파의 하얀 머리가 이형우의 구둣발 아래로 툭 떨어져 내렸다. 가발이었다. 가발이 벗겨진 노파는 노파가 아니라 10대의 소년이었다. 소년은 머리를 수그린 채 성에 같은 하얀 머리를 집어 올렸다. 그래도 이형우는 여전히 《헛소리》에 빠진 목을 들지 않았다. 나는 한순간 그를 안아 주고 싶다는 생각에 팔을 뻗어 그의 목을 건드렸다. 다만 상상이었다. 그에겐 내가 함부로 다가갈 수 없는 절대적 경계선이 있었다. 그래도 순간 순간 순간, 안아 주고 싶었다.

그때 상하이 1호선 지하철은 와이탄(外灘) 역에 도착했다. 100여 년 전 유럽의 침략을 받아 유럽식 건축물이 빼곡하게 늘어선 와이탄은 거리 전체가 근대식 예술품 같았다. 고개를 빼고 창밖을 내다보고 있는데 와이탄 역에서 한 무리의 사람들이 차를 탔다.

지하철이 와이탄 역을 출발할 무렵 머리를 동자승처럼 삭발

한 10대 소년이 이형우 작가 곁으로 바투 다가갔다. 손에는 날렵한 칼이 들려 있었다.

"내놔."

소년은 다짜고짜 그의 허리춤에다 칼을 디밀고 소리쳤다. 그는 무슨 말인지 눈치껏 알아들은 듯했다. 그는 눈도 꼼짝하지 않고 침착하게 굴었지만 옆에 있던 내가 불안해서 견딜 수가 없었다. 나는 노트북 가방 속에 넣어 둔 지갑을 꺼냈다.

"주지 마."

그는 단호하게 내 팔을 뿌리쳤다.

"도와주고 싶어요."

"몇 푼 돕는다고 되나? 모질게 대해."

그는 칼을 들이미는 소년과 눈싸움을 했다. 그는 비록 중국말을 하지 못했지만 칼보다 예리한 눈초리로 소년을 제압하고 있었다. 우리 주변에 앉았던 지하철 승객들이 우우 몰려와 두 사람의 기 싸움을 지켜보았다. 그러나 구경만 할 뿐 한 사람도 말리지 않았다. 소년은 다른 쪽으로 가 버렸다.

"티엔은 자주 만나고?"

"네. 편지는 거의 매일 주고받아요."

"그렇게 우정을 유지해요. 그래야 건강해지지. 외로움도 가실 거고."

"선생님 안부도 자주 묻더군요. 셋이서 함께 여행을 하자고
했는데……."

"어려울 거 같아. 아내가 예민해지고 있어요. 이해해 주길."

"왜, 예민해지고 있나요?"

그는 대답하지 않고 물끄러미 나를 바라보았다.

"티엔이 제 곁에 있는데도 예민하게 굴까요?"

"그래도 당신 시선을 보면 모를까? 솔직히 티엔이야 외국인
이고 들러리지만, 나를 바라보는 당신 시선은 예리하지 않소?
그건 질투 아니오? 아내는 여자들의 얼굴을 만지는 직업을 갖고
있기 때문에 여자들의 표정만 보고도 금세 알아. 티엔과 진정 가
까이 지낸다면 내 마음이 한결 가벼워지기는 할 텐데."

"그렇군요. 티엔과 더 가까이 지내도록 노력해 보죠. 정말 제
가 그렇게 하는 것이 마음 편하다면……."

지하철은 난징루(南京路) 역에 도착했다. 한 무리의 인파가 내
리고 다시 새로운 인파가 몰려왔다. 인파 속에서 용광로가 끓는
듯한 후끈한 열기가 풍겼다. 이해는 충분히 할 수 있었다. 다만
마음이 너무 아파서 고개를 숙이자 그의 운동화가 보였다. 운동
화조차 외로워 보였다. 빗물처럼 떨어지는 눈물을 삼키느라 아
랫배에 힘을 주었다.

"지금도 내 책으로 침대를 만드나?"

나는 그렇다고 대답했다. 책은 꾸준히 만들어졌지만 처리할
데가 막막했다. 작업실 바깥에 대기하고 있는 고물장수에게 던
져 주는 것도 한계가 있었다. 시장성에 맡기겠다는 당초의 계획
은 애당초 중국 문단의 배타성에 밀려 헛된 망상이 되고 말았
다. 하긴 배타적인 것은 중국 문단이 아니라 스승의 작품 특색이
었을 수도 있다. 중국 문단에서는 볍씨처럼 가벼운 사랑 얘기를
원했다. 인민에 대한 사랑이든, 조국에 대한 사랑이든, 남녀간의
사랑이든, 정신적 사랑이든, 가족에 대한 사랑이든 그런 건 그다
지 중요하지 않았다. 그런데 스승의 작품은 무겁고 어두웠다. 그
의 작품에 등장하는 거의 모든 인물들은 칙칙한 어둠 속에서 천
국과 지옥을 오가며 슬픈 사랑을 했다. 관념으로 일관된 작품이
었지만, 그것은 슬픈 사랑을 감추기 위한 메타포에 지나지 않았
다. 다만 중국 문단에서는 그의 작품을 사랑 이야기로 해석하지
않았고, 초현실주의 혹은 해체주의 작가로 명명했다. 그는 자기
자신을 해체하고 싶어하는 작가였다. 내가 노트북을 통해 파악
한 바로는, 그가 제일 많이 쓰는 단어는 진부한 일상이었다. 그
러므로 그는 진부한 일상이라는 현실에 갇힌 죄수였다.

"네. 저의 책이거든요. 여기서는."

"너무 무리하지 마. 그냥 자연스럽게 흘러가자고. 흘러가다
보면 좋은 기회도 있을 것이고, 책도 자기 길을 걸어가겠지."

책은 우리보다 자유롭게 대륙을 걸어 다니고 있었다. 시장성은 희박했지만 대학에서는 연구 대상이었다. 대학원 후배 요요는 그의 책을 읽고 펑펑 울었다고 했다. 고독한 영혼이 작고 빛나는 거울 하나를 들고 사막을 횡단하는 느낌이 들어서 눈물을 쏟았다는 요요는 여러 차례 이형우의 작품을 평론해 문예지에 싣곤 했다. 위구르인 잉구밍 교수는 이형우 작품을 마르케스 (Gabriel Garcia Marquez)의 《백 년 동안의 고독》과 비교하는 논문을 펴내 문단의 화제가 되기도 했다. 하지만 그것으로 끝이었다. 일반 독자들은 요동도 하지 않았다.

지하철은 상하이날개대학에 멈췄다. 나는 그와 함께 날개대학에 내렸다. 지하철역에서 대학까지 5분 동안 걸었다. 그와 나란히 상하이날개대학에 도착했다. 새롭게 캠퍼스를 개조한 상하이날개대학 안으로 들어서자 거리의 기온보다 훨씬 서늘했다. 대학 캠퍼스 중심에 조성된 직경 1킬로미터가 넘는 연못에선 분수가 공중으로 치솟고 있었다. 수십 마리의 천둥오리들이 떼를 지어 노니는 연못을 지나 인 교수 연구실로 가서 노크를 했다.

"들어오세요."

인 교수는 갈색의 허름한 점퍼 차림에 슬리퍼를 신고 나왔다. 내가 이형우와 함께 연구실로 들어서자 인 교수는 환하게 웃었다.

"반갑습니다."

그는 인 교수의 손을 잡았다.

"《잃어버린 환상》은 어떻게 되었지? 아직도 출판사를 못 찾았나?"

나는 어깨에 걸치고 있던 노트북 가방을 끌어내려 인 교수의 테이블 위에 올려놓고 비교언어문학 서적이 빼곡하게 꼽힌 서재를 훑어보았다.

"베이징 언론출판검열위원회에서 외설 서적이라고 분류해 버렸기 때문에 도무지 출판사를 찾을 수가 없습니다."

언론출판검열위원회의 검열은 까다롭고 복잡했다. 의식 있는 작품이면 퇴짜를 놓았다. 중화인민공화국 인민들의 의식을 일깨울 수도 있다는 생각 때문이었다. 상대적으로 북한 서적은 검열에서 쉽게 통과했다.

"우리 대학에서 찍어 줄까? 어차피 자네가 베이징으로, 충칭으로, 광저우(廣州)로 실어 나르면 되지 않나? 아름다운 열정이군. 한국에 자네 같은 맹렬 여성이 많은가? 많다면 우리 13억 인구는 아무것도 아니겠는데? 노트북에 날개가 달렸나? 자네 노트북이 마법사인가?"

"열정을 쏟으면 노트북에도 날개가 달리더군요."

"하긴 오늘 모시고 오신 이형우 작가는 서구 문학보다 더 세련됐더군."

나는 대꾸하지 않았다. 대꾸하면 안 되는 내용이었다. 듣는 자리에서는 그렇게 말을 했지만, 맞장구를 치면 당장 내게 화살이 날아들었다. 학자들은 대개 한국에 대한 인식이 좋지 않았다. 겉으로는 우호적인 태도를 보였지만, 일반 대중에게서 흔히 볼 수 있는 한류가 학자들 사회에서는 보이지 않았다. 한국 사회는 주권 없는 사회라고 비난하는 경우가 많았다. 그 때문인지 학자들의 서가에는 북한 서적은 제법 꽂혀 있었지만 한국 서적은 가뭄에 콩 나듯 했다.

그는 인 교수의 말이 궁금한 것 같았다.

"통역해 줄 수 있겠소?"

나는 인 교수의 말을 이형우에게 통역하기가 싫었다.

"중요한 얘기는 아닙니다."

"그럼 됐고."

인 교수는 내 노트북의 바탕화면을 슬쩍 건네다 보았다.

"바탕화면에 이형우 작가의 작품이 온통 깔렸구먼. 한국을 대표하는 작가들 작품을 골고루 번역하면 어떻겠나? 한쪽으로 치우치지 말고. 마음에 둔 정인의 작품을 위해 목숨 내놓을 작정인가?"

127

"제 마음대로 하겠습니다. 마음에 둔 정인의 작품을 위해 무슨 일인들 못할까요?"

나는 여전히 이형우에게 통역하지 않고 인 교수를 향해 대답을 했다.

그때 연구실 문을 노크하는 소리가 들렸다. 인 교수는 자리에서 일어서더니 연구실 문 쪽으로 걸어갔다. 단발머리의 여대생이 논문 제본을 들고 연구실 문 앞에 서 있었다. 코와 턱을 수술한 느낌이었지만 어쨌든 보기 드문 미인이었다. 논문 제본 위에는 중화 브랜드 담배 한 갑이 올려 있었다. 인 교수는 담뱃갑부터 얼른 받아 책상 서랍에 넣었다. 그리고 다시 문 쪽으로 돌아와 여대생의 어깨를 툭툭 치며 격려했다.

"천천히 읽어 보겠네."

여대생이 문을 닫고 나가자 인 교수는 혼자서 너털웃음을 웃었다. 다시 문을 노크하는 소리가 들렸다. 너털웃음을 멈춘 인 교수는 이번에도 연구실 문을 직접 열었다. 그가 문을 열자 기골이 장대한 한 남학생이 논문 제본과 함께 중화 브랜드 담배를 다섯 보루나 들고 서 있었다.

"이런 이런……."

인 교수는 혀를 끌끌 차면서 남학생이 내미는 논문 제본과 중화 브랜드 담배 다섯 보루를 껴안았다.

"자네 논문은 문제가 좀 있네. 황하문명은 모성(母性)의 역사인데 자네는 족쇄의 역사라고 서술하지 않았는가? 황하문명은 인간애가 원천이지 족쇄가 아니네."

인 교수는 선물 보따리를 들고 자신의 책상으로 가고 있는데 한눈에 봐도 초조한 기색이 드러나 보이는 남학생은 여전히 문 앞에 서서 망설였다.

"무슨 볼일이 더 남았는가?"

인 교수의 말에 남학생은 주저주저하다가 입을 열었다.

"황하문명을 픽션의 역사로 고치면 안 됩니까? 황하문명이란, 일단 픽션을 만들어 놓고 현실화시키는 역사라고 서술해 볼까 싶습니다만."

남학생의 얼굴에는 땀이 번지르르했다.

"집에서 마오쩌둥 주석의 어록이나 더 읽어 보게. 자넨 중화의 아들 아닌가? 마오쩌둥 주석의 어록을 외우게. 그리고 어느 나라 문명이든 먼저 픽션화시켜 놓고 나중에 논픽션으로 만드네. 소설이 역사고, 역사가 소설이지."

인 교수는 쌀쌀하게 대꾸했다. 남학생은 울상을 지으며 바깥으로 나갔다. 지난날 나도 경험했던 일이라 그 남학생이 안타까웠다. 몇 번이나 논문을 써 냈지만 다섯 명의 교수들은 분명한 이유도 없이 내 논문을 떨어뜨렸다. 담배를 몇 보루 건네주면 틀

림없이 합격될 것이라는 친구들의 말을 듣고 나 역시 값비싼 브랜드의 중화 담배를 돌렸지만 여지없이 또 떨어졌다. 나중에는 중화 담배 안에 지폐를 꽉 채워 상납했다.

그의 휴대폰 벨이 울렸다. 그는 소파에 앉은 채 전화를 받았다. 아내에게서 걸려 온 국제전화인 듯했다. "여긴 상하이고. 내 작품 번역자를 만나 즐겁게 여행 중이야. 당신도 나중에 나오게 되면 우리 셋이서 함께 여행하자고. 사람들이 많아서 간단하게 통화하고 끊어야겠는데. 뭐라고? 안 들려! 아, 나도 당신을 사랑해. 응. 그래. 몸조심하고."

통화를 끝낸 그는 나를 향해 여린 달처럼 웃었다. 나는 그의 미소가 행복해 보인다는 생각을 했다. 잠깐 이성적인 생각도 해보았다. 그를 건강하게 해 주는 건 내가 아니라 성형외과 의사인 그의 아내가 분명했다. 내가 만일 그의 품으로 달려들어 사랑을 구걸했다면, 우리는 목관을 머리에 이고 하루에도 열두 번씩 저승의 강을 건너야 할 것이다. 하지만 그가 소파에 앉아 자신의 아내와 통화를 하는 동안 나는 버럭버럭 소리를 지르고 싶었다. '나는 어떻게 해야 할까요? 나는 어떻게 해야 할까요?' 그 순간 나는 한국 가수 이적의 〈빨래〉를 읊조렸다.

"아내는 진심으로 당신이 보고 싶은 모양이오. 내 아내는 결코 질투하지 않을 거야. 나중에 만나 보면 알겠지만. 질투는 내 아내가 하지 않고 당신이 내 아내를 질투하겠지. 질투의 감정조차 내려놓아야 해. 살자면. 안 그래?"

"질투는……."

"거리 유지가 필요해. 어차피 셋이서 나란히 걸어가야 할 운명이라면, 운명에 순응합시다. 내 아내는 당신을 보고 싶어해. 이해심이 아주 넓고 정말 착한 여자지. 현실적으로 봤을 때 나하고 둘이서 여행을 계속한다는 게 쉽지는 않은 일이고. 각서를 썼거든. 앞으로 우리 둘이서만 여행을 다니면 안 된다는 각서를 썼단 말이지. 잠을 잔 건 아니지만, 그래도 그 사람 입장에서는 불안할 때가 있는 모양이고. 그 사람 입장을 생각해 보도록. 당신은 내가 모르는 버릇이나 동작이나 사상까지 다 아는데, 내 아내가 실제 나를 알아야 얼마나 알겠어? 수박 껍질 같은 것이지."

"과연 그럴까요?"

나는 두 손으로 얼굴을 감싼 채 인 교수의 연구실 벽을 빼곡하게 장식한 책들을 둘러보았다. 얼마나 빠른 속도로 둘러보았는지 손으로 감쌌던 얼굴은 배터리가 떨어진 노트북처럼 덜덜덜덜 울어 댔다. 나는 내 얼굴의 이목구비에 틈을 뚫고 열손가락을 몽땅 집어넣은 채 뱅뱅뱅 맴을 돌았다. 책들이 뱅뱅뱅 무지개 열차처럼 빠르게 돌았다. 그가 앉은 소파가 돌았다. 뒷짐을 지고 있는 인 교수가 엎어졌다. 내 노트북이 올려진 책상이 돌았다.

나는 불안하게 돌고 있는 노트북에게 손을 뻗었다. 그제서야 나의 이목구비는 비로소 정상적으로 숨을 쉬었고, 호흡을 했다. 나는 노트북을 거머잡고 어금니를 깨물었다.

허연 붓대 같은 눈썹을 실룩거리며 인 교수가 물었다.

"자네 괜찮나?"

이마에서 땀이 주룩주룩 비오듯 했다. 그는 자리에서 일어나 창밖을 내다보며 내게 등을 보였다. 한쪽으로 기울어진 채 창문을 붙잡고 있는 그는 쓸쓸해 보였다.

"마음을 다잡아야 하는데. 집착해서 무엇해? 마음을 다스려야 하는데. 거리 유지를 해야지. 어쩔 수 있나?"

그는 노래를 부르듯 흥얼거렸다.

인 교수도 중얼거렸다.

"지나친 열정은 화를 부르네. 그러니 짐을 가볍게 지고 산책하듯 일하게."

나는 잠시 캠퍼스 연못에 떠 있던 천둥오리를 연상했다. 그들처럼 가볍게 살려면 노트북을 옆구리에서 내려놓아야 했다. 혹처럼 돋은 노트북 가방을 등에서 떼고 나면 상하이 땅에서 버티고 살 수 있을까? 때때로 성형외과로 찾아가 옆구리에 혹처럼 붙은 노트북을 완전히 도려내고 싶을 때도 있었다. 내가 옆구리에 붙이고 다닌다는 생각은 들지 않았다. 내 옆구리에 생래적으

로 생긴 혹 같아서 강제로 떼내면 피가 철철 흐를지도 모른다는
생각이 들었다.

인 교수의 연구실 문을 두드리는 소리가 났다. 인 교수는 들
어오라고 말했다. 문을 열고 들어선 사람은 인 교수의 비서인 장
(江)여사였다. 그녀는 기다란 유리잔 세 개가 올려진 쟁반을 손
바닥으로 받쳐 들고 내 곁으로 걸어오더니 땀이 번들거리는 내
노트북 옆에 쟁반을 내려놓았다.

"무슨 땀을 그렇게 흘려요? 약이라도 하나 드릴까? 청심환
있는데. 청심환은 죽어 가는 사람도 살려내잖아요?"

"가만히 있어 봐. 내 서랍에도 있을지 모르겠네."

인 교수는 책상 맨 아래쪽 서랍을 열더니 《광기의 역사》영
문판을 꺼내 뒤적거렸다.

"이 책이 여기 있었구나."

"교수님! 청심환 찾았나요?"

"이런 내 정신 좀 보게."

인 교수는 《광기의 역사》영문판을 책상 위에 올려놓고 다시
허리를 수그리고 서랍을 뒤지기 시작했다. 책상 두 번째 서랍을
뒤지던 인 교수가 새까만 염소 똥 같은 청심환을 내게 내밀었다.
나는 한참 동안 그 약을 들여다보았다.

"먹어. 뭘 망설여?"

자리에 앉아 내 모습을 물끄러미 구경하던 이형우는 퉁명스럽게 한마디 던졌다. 나는 녹차 잔에 부은 물을 한 모금 마시고 청심환을 꿀꺽 삼켰다. 좀 알이 굵기는 했지만 청심환은 달콤한 사탕 같았다.

장 여사는 내 노트북에 번진 땀을 자신의 손바닥으로 문질렀다.

"사인이나 하나 해 주세요."

그녀는 서재 한쪽으로 가더니 제본 한 권을 꺼냈다. 그리고 자신의 주머니에서 볼펜을 꺼내더니 그에게 내밀었다.

《잃어버린 환상》이었다. 내가 상하이날개대학 비교문학회 회원들과 함께 공부할 때 배포한 제본이었다. 나는 모교인 상하이날개대학의 교수들과 학생들을 위해 2천 권의 제본을 배포했다. 다소 돌발적인 행동을 할 때마다 내 노트북 속에 숨겨진 나의 또 다른 자아와 피 터지게 싸워야 했다. 도대체 내가 생각해도 나를 이해할 수 없었다. 타인들의 이해를 바랄 필요는 없었다. 나 역시 내 자신을 제대로 이해해 본 적이 없었기에. 유리걸식하며 내가 얻고자 한 것은 커다란 다면경이었다. 하나에서 둘로, 둘에서 다섯으로, 다섯에서 아홉으로 분화되곤 하는 '나'라는 동물의 실체를 액면 그대로 한꺼번에 볼 수 있는 다면경을 얻기 위해 나는 내가 번역한 텍스트를 중화인민공화국 땅에다 픽픽 내던졌다. 뿌렸다.

장 여사에게 《잃어버린 환상》 제본을 받은 그는 지휘자처럼 획획 자신의 이름을 사인했다. 장 여사가 고맙다는 인사를 하고 연구실을 나가자 이번에는 인 교수가 서재에서 책을 꺼내 들고 그에게 내밀었다.

그는 잠시 행복한 표정을 지었다.

"이번에 출간되면 성공해서 그동안 고생한 보람을 찾길 바라."

그의 책을 번역한다는 사실만으로 충분한 보람을 얻을 수 있었다. 고통스런 희열이었지만. 문제는 밥을 먹고 살아야 하는 현실 앞에서 구차해질 때가 있었다. 내 정신의 밥은 그가 채웠지만 내 육신의 밥은 노트북이 채웠다. 육신의 밥을 채우는 과정은 답답하면서 실제 몸이 아팠다. 노트북은 때때로 어깨를 짓눌렀고, 비상하기 위해 날개를 펴는 순간이 있어 온몸을 짓눌렀다.

만일 노트북으로 달콤한 연애 이야길 번역했다면 중국 출판계의 환영을 받았을 것이다. 그러나 나는 철학서나 다름없는 이형우의 장편소설들을 번역했다. 그 때문에 가끔 나의 노트북은 괴성을 질러 댔다. 이형우의 소설은 니체보다 어렵고 《장자》보다 난해했다. 소설이 아니라 철학서였다. 그 때문에 이형우의 작품에 전적으로 매료되었다고 해도 과언이 아니다. 그런데 주위에서 주의를 주는 사람들도 적지 않았다. 내가 형평성이 무너진 상태로 작업을 하고 있었기 때문이다.

한국재단의 요안 국장은 중국에 나올 때마다 내게 당부하곤 했다.

"거리 유지를 하시기 바랍니다."

요안 국장이 당부한 거리 유지는 저자와의 간격이었다. 저자에게 너무 빠져들지 말라는 얘기였다. 그때마다 나는 걱정하지 말라고 대답했다. 어쩌면 그가 당부한 거리 유지는 내 함정에 내 스스로 빠져들지 말라는 부탁이었을 수도 있다. 그런 느낌이 들면 나는 다면경으로 나의 내부를 조명하고 있다는 식으로 대답했다.

오후에 우리는 충칭으로 가는 비행기에 올랐다. 비교문학 학술대회가 있다고 해서 동행을 하기로 마음먹었다. 이형우는 콧노래를 불렀다.

충칭공항에 내렸을 때는 우중충한 오후였다. 공항 출구에 쓰촨외국어대학 비교문학과 랴오치이(廖起一) 교수가 충칭방송국 기자와 함께 나와 있었고, 함께 주차장으로 내려가자 중국제 리무진이 대기하고 있었다.

자동차에서는 녹차 향기 같은 묘한 향수 냄새가 풍겼다. 태양은 어디로 출국해 버렸는지 한낮인데도 어둠침침했다. 랴오 교수가 조수석에 타고 나머지는 뒷자리에 앉았다. 자동차가 출발하자 손중산(孫中山, 중국 공산당 창시자)처럼 단정하게 차려 입은 랴오 교수가 뒤를 돌아보았다.

"우리가 한국 작가를 만난 것은 행운입니다. 작가님은 늘 새로운 세계를 탐색하더군요."

그는 티엔의 작품《헛소리》를 손으로 구겨서 자신의 목을 툭툭 두들겼다.

"나 자신을 탐색하는 겁니다. 내 내면을 볼 수 있으면 광대무변의 우주도 보일 테니까요."

묵직한 안개가 도로를 짓누르고 있어서 자동차는 방향감각을 상실한 채 달려가는 열차 같았다. 길가의 가로등에도 칙칙한 안개가 감겨 있어서 귀신 소굴로 끌려가는 느낌이었다.

"중국 문단의 작가들은 내면을 함부로 들여다보지 않습니다. 그래서 단단한 서사성이 있지요."

창밖을 내다보던 그가 내 쪽으로 고개를 돌렸다.

"어디 피곤한 거요? 안색이 안 좋은데."

차창 너머로 보이는 안개는 시간이 지날수록 두꺼워졌다. 도로 가의 희미한 가로등조차 칙칙한 안개 속에 휩싸여 철퇴처럼 무거워 보였다. 나는 안개 속에 휩싸인 가로등을 안고 어디론가 달려가는 여자를 보았다. 여자는 맨발이었고 균형감각 상실한 어깨는 좌우로 기우뚱거렸지만, 가로등을 꽉 잡은 손길만은 장성처럼 씩씩했다.

"요즘 밤을 새울 때가 많아요. 들떠 있나 봐요."

이형우는 화제를 딴 방향으로 전환했다.

"일도 좋지만 밤을 새우면 쓰나? 마음을 달래요. 명상을 많이 하고. 산책을 자주 해 봐요. 산책하는 길에 이런저런 꽃나무를 만나면 대화도 하고, 바위를 만나면 바위와 대화하는 버릇도 들여 보고. 나도 그러는걸. 솔직히 얘기하면 난 산책길에 누구도 동반하지 않아. 아내는 하염없이 산책하는 내 태도를 이해하지 못하는 사람이고, 또 바쁘니까. 하지만 당신은 내 아내와는 다르잖아. 달라야만 하고. 산책하는 맛을 제대로 알게 되면 어디 멀리 있는 사람과도 대화할 수 있는 능력이 생기지. 나무하고 대화하고 바위하고 대화하면서 멀리 있는 친구와 만난다는 생각을 할 때가 있어. 그러니까 산책길에서 만나는 나무와 바위가 내겐 가장 소중한 친구지."

"저는 다면경을 몸에 부착하고 다녀요. 사람이 그리울 때면 다면경을 들여다보죠."

나는 노트북 배낭을 열었다. 배낭 속의 손거울은 내 얼굴도 제대로 비치지 못하는 유리일 뿐이었다. 그러나 내가 손거울을 그에게 내밀자 그는 티엔의 책을 자동차 소파에다 던져 버리고 코를 거울에 갖다 댄 채 말처럼 킁킁거렸다. 이형우는 거울에서 분명 무슨 냄새를 맡아 버린 듯했다.

"마음을 달래라니까. 거울 속에 비친 모습은 자아일 뿐 타자는 아냐. 타자가 비집고 들어갈 공간이 없군 그래. 거울을 깨! 거울을 깨면 타자를 만날 수 있어. 결국 만날 사람은 만나고 헤어질 사람은 헤어지게 돼 있어."

이형우는 자동차 유리문을 열더니 안개가 뿌옇게 내려앉은 고속도로 속으로 손거울을 던져 버렸다. 나는 겨우 틈만 보이는 유리창에 두 팔을 끼워 넣고 손거울을 찾으려고 허우적거렸다. 내 손에 잡힌 건 이형우의 얼굴이었다.

"거울에 매달리지 마. 타인과 대화하는 법을 익혀."

"하지만 부적 같은 것인데."

"거울은 그냥 거울이오. 텍스트는 그냥 텍스트고."

우리들 옆자리에서 졸고 있던 인 교수가 눈을 껌벅거리며 창밖을 내다보았다.

"어, 안개가 왜 이렇게 짙은가? 태양은 어디로 달아났단 말인가?"

인 교수가 엉뚱한 말을 하며 창밖을 내다보자 조수석에 앉았던 랴오 교수가 대꾸를 했다.

"태양은 한국으로 가 버린 모양이오. 한국에는 떠오르는 태양이 너무 많다니까. 그 많은 태양이 떠오르는 나라에 왜 뛰어난 작품이 없을까?"

나는 통역하지 않았다. 솔직하게 통역하라고 그가 몇 번 다 그쳤지만 입이 떨어지지 않았다. 시가지를 향해 내달려 가는 차량의 유리창에 수십 개의 태양이 드리워졌다. 그것은 대로변에 세워진 수많은 가로등이었다. 자동차가 속력을 내고 달릴 때마다 가로등은 모든 것을 내던지고 끌려왔다.

"내가 듣기 거북한 말을 하나?"

"한국에 태양이 너무 많대요."

"태양이 전혀 안 보인다는 말보다는 듣기 좋은데!"

시가지가 가까워질수록 전등불빛이 밝아졌다. 안개는 밝아지는 전등불빛에 휘감겨 용암처럼 눈앞에서 분출되었다. 까만 연기로 휩싸인 듯한 시가지 안으로 진입할 때 자동차는 병난 고양이처럼 울어 댔고 가로등 불빛은 강물처럼 일렁거렸다. 대낮인데도 전등불빛을 밝힌 시가지는 오케스트라 합주단이 연주를 시작한 듯했다. 산비탈에 만든 시가지 도로는 지반이 고르지 못한 탓인지 날쌘 사자 같은 자동차가 움직일 때마다 덜커덩덜커덩 울어 댔다.

스승은 무료했던지 《헛소리》의 몇 페이지를 해석해 달라고 했다. 자동차 뒷좌석에 나란히 앉아 나는 《헛소리》를 읽었다. 그것은 통역이면서 번역이었다.

나는 티엔이 좋아하는 구절을 읊조렸다.

"그 시절 우리는 쓰레기처럼 살아야 했다. 쓰레기는 나의 친구였고 내 자존심이었다. 쓰레기가 아니고 나는 인간이라고 선언했던 많은 사람들은 목이 잘려 나갔다. 내 아버지의 목을 잘랐던 진정한 쓰레기는 나중에 당의 간부가 되었다. 살아남기 위해 당의 간부 밑에서 일해야 했던 나도 진정한 쓰레기가 되어 버렸다."

티엔의 《헛소리》는 내게 이상한 멜로디로 들렸다. 티엔은 좀 달랐지만 중화인민공화국을 대표하는 작가나 학자들은 한국이라는 나라를 들먹일 때마다 엿가락처럼 몇 바퀴 꼬았다. 하기야 만리장성 지하 벙커에서 온갖 텍스트를 모아 하나의 엿가락으로 만들고 있는 학자, 소설가, 영화인, 경극제작자 들은 한국이란 나라를 입에 올리지도 않았다. 그냥 조그만 지방(地方)이라고 말했다.

리무진은 총칭 시내 중심가에 도착했다. 총칭대학은 산꼭대기에 깎아지른 절벽처럼 세워져 있어 시내 중심가에서 내려야 했다. 우리는 두 사람씩 인력거를 탔다.

인력거에 타자 그는 나를 돌아보았다.

산꼭대기에 자리한 총칭대학으로 올라가는 동안 인력거꾼은 숨을 가쁘게 몰아쉬었다. 잔뜩 흐렸던 하늘이 하얗게 열렸다. 어디로 달아났던 해가 다시 고향으로 돌아온 듯했다. 우중충한 하늘을 비집고 나온 햇빛은 산꼭대기를 찬란하게 비추었다. 산꼭대기 바위틈마다 조각품 같은 집이 박혀 있어 도시는 하나의 거대한 전투기지 같았다. 바위틈에 지어진 집들 주위에는 활엽수가 빼곡하게 심어져 있어 열병식을 하는 군인 같았다.

총칭대학에 도착한 것은 오후 두 시였다. 끈적끈적한 더위가 대학 캠퍼스를 감싸고 있어 우리들의 내장을 녹이는 대장간 같았다.

랴오 교수가 그에게 강연을 요청했다. 그는 별로 할 말이 없으니 질의응답 식으로 하자고 제안했다. 나는 그의 의사를 청중에게 통역했다. 학생들이 주축을 이룬 청중은 환호성을 질렀다. 그들은 손에 이형우의 작품을 한두 권씩 들고 있었다. 중국에서 어느 대학보다 학구열이 강한 곳이었다.

그와 나는 나란히 단상에 섰다. 단상 아래 앉아 있는 학생들 사이에 수군거리는 소리가 들렸다. "한국 해체주의 작가래." 그 말에 응수하는 소리도 들렸다. "한국의 지성인 작가라고 할 수 있겠어. 우리나라의 티엔과 작품 세계가 비슷하다지." 그러자 인 교수 옆에 앉아 있던 학생이 이렇게 말했다. "그런데 너무 지적인 세계를 그려 나간단 말이야. 그런 점 때문에 중국 문단에서 외면당할 수도 있을 거야. 오늘날 우리 중국은 가벼운 이야기를 좋아하니까." 그들이 단상 아래에서 수군거리는 소리까지 통역해야 하는지 갈등이 생겼다. 그때 작가가 짧은 소매를 입은 내 팔을 툭 쳤다. 얼결에 나는 한국어로 말해 버렸다. "선생님 작품에서 절대 고독이 느껴진대요." 그는 내 말을 듣고 부드럽게 웃어 넘겼다.

나는 노트북을 켰다. 그의 작품이 수록된 자료를 칠판의 스크린에 비추었다. 그는 한국어로 된 자신의 작품《잃어버린 환상》을 지휘봉으로 읽어 내려갔고, 나는 중국어로 번역된《잃어버린 환상》을 읽었다. 우리는 하나의 오케스트라를 나란히 지휘하는 두 사람의 지휘자 같았다.

"한국 사회를 극명하게 드러낸 작가의 작품은 뛰어나군요. 그런데 작가는 순수한 한국인 아닙니까? 국외자라는 용어가 남용되고 있군요. 중국 문단에서는 국외자라는 말을 함부로 사용하지 않습니다."

"모든 예술가는 이 사회의 국외자라고 나는 생각합니다. 특히 한국 사회에서 예술을 한다는 것은 국외자 생활을 작정한 것이지요. 내 작품의 캐릭터는 순수한 한국인 맞습니다. 순수한 한국인이기 때문에 국외자입니다. 한국 예술가는 국외자를 창조합니다. 한국 예술가 사회에서 왜 국외자가 창조되고 있는지 일부러 설명할 필요가 없다고 생각합니다. 우리는 국외자지요."

그때 청중석에서 어떤 학생이 손을 들었다.

"중국 문학의 뿌리는 한인데, 한국 문학의 뿌리는 무엇인가요?"

그는 한참 동안 뜸을 들였다. 그리고 대답했다.

"한국 문학의 뿌리는 눈치 보기요. 독자들의 눈치를 보는 것입니다."

좌중의 학자들과 학생들이 박수를 치면서 웃었다. 랴오 교수가 학생들에게 조용히 하라는 말을 하더니 일어났다.

"작가의 작품을 쓰촨 성(四川省)에서 출간하면 어떻소? 쓰촨 성은 중국의 중부니까 상하이 문단이나 베이징 문단보다 위력이 더 있을 거요. 옛날부터 진정한 문인은 쓰촨 성에서 나왔소."

나는 노트북 커서로 칠판의 스크린에 나타난 그의 작품에다 지그재그로 중국 지도를 그렸다. 가마솥에서 끓는 고기처럼 쓰촨 성이 그려졌다. 쓰촨 성이 중부 지방인데다 인구 1억 명이 넘는 거대한 지역이긴 했지만 상하이나 베이징 문단을 넘을 수는 없었다. 쓰촨 성은 돌로 이루어진 거대한 암벽이었다.

"베이징으로 들고 갈게요. 여긴 적절하지 않아요."

그는 고개를 끄덕였다.

오후 늦게 산길을 걸어서 대한민국임시정부 청사를 찾아 나섰다. 감꽃이 하얗게 떨어져 내리는 언덕에서 그가 내 손을 잡았다. 언덕은 암벽에 둘러싸여 있어 스키장처럼 미끄러웠다. 총칭 변두리에 있는 대한민국임시정부 청사로 들어섰을 때는 오후 다섯 시였다. 하지만 문이 꽉 닫혀 있어 발길을 돌려야 했다. 저녁 늦게 도착한 호텔에서 우리는 같은 방을 썼다. 나란히 놓인 싱글 침대에 누워 우리는 아무 말도 하지 않고 잠을 청했다. 고단했던 터일까? 나는 며칠 만에 숙면을 취했다. 새벽에 일어나 보니 그는 창가에 기대어 서서 담배를 피우고 있었다. 벌떡 일어나 한쪽으로 기울어진 그의 어깨를 바로 세우고 싶었으나 마음뿐이었다. 몸이 딱딱하게 굳어 일어날 수 없었다. 나는 다시 잠을 청했다.

6

베이징 삼라만상출판사에서 호출을 했다. 날씨는 펄펄 끓는 물에 삶기는 듯이 더운데 여행을 떠나자니 가방을 챙기는 순간부터 몸에 땀띠가 나는 듯했다.

아침 일곱 시 첫 비행기를 타고 베이징공항에 도착했다. 공항 트랙을 빠져나가고 있는데 전화벨이 울렸다. 베이징 삼라만상출판사 천 편집장이었다.

"도착했소?"

그의 목소리에서 철판을 두들기는 대장장이의 망치질 소리가 들렸다. 그처럼 탁하고 권위적이었다.

천 편집장의 목소리가 휴대폰 속에서 쩌렁쩌렁 울렸다.

"번역본을 메일로만 부치면 어떻게 하오? 인쇄를 해서 들고 오시오. 인쇄해서 보는 것과 메일로 읽는 것은 많이 다르오."

"저는 지금 베이징공항에 도착했는데요. 지금 어디서 인쇄를 하겠어요? 미리 말씀하시지 그랬어요?"

쩌렁쩌렁한 천 편집장의 목소리는 베이징공항의 천장을 뚫어 버릴 듯 거칠게 들렸다.

"공항 인근에 인쇄소는 널렸소. 반드시 인쇄해서 들고 오시오. 여긴 내 별장이라서 프린트가 없소."

전화는 툭 끊긴다. 나는 순간적으로 노트북을 번쩍 들었다. 베이징공항의 대합실에다 던져 버리고 싶었다. 하지만 참아야 했다. 공항 대합실 의자에 털썩 주저앉아 머리를 감싸고 한참 동안 노트북을 내려다보았다. 대륙을 횡단하며 종횡무진하는 동안 나를 지켜 준 유일한 존재였다. 그것은 하나의 기계가 아니라 심장이 박동하는 생명체였고, 분화구 같은 달을 안고 뛰어가는 태양이었다. 캄캄한 밤길을 걸어가는 태양, 그 태양에는 내 우주가 살았다. 나의 우주이자 태양인 나의 노트북은 내 심장 속에 자욱하게 낀 고독을 빨아들일 줄 알았다. 내 심장 속에 자욱하게 낀 고독을 흡수한 노트북은 간혹 안개처럼 뿌연 시선으로 나를 바라보곤 했다.

공항 주변의 안개는 구름처럼 자욱했다. 베이징공항 주위를 휘젓고 다니다가 작은 인쇄소 하나를 발견한다. 노트북을 머리에 이고 인쇄소 안으로 들어선다. 중년의 사내가 인쇄기 앞에서 고개를 든다. 사내는 인쇄기에 낀 종이를 사방팔방 픽픽 던진다.

"한국인이오?"

"어떻게 알았어요?"

그는 머리에 인 내 노트북을 손짓한다. 나는 급히 노트북을 내렸다.

3천 매를 인쇄하는 동안 나는 안개가 자욱하게 낀 베이징 시내를 눈으로 훑었다. 어둡고 칙칙한 안개의 도시 한가운데 베이징인들의 자존심이 살아서 숨을 쉰다. 나의 자존심은 칙칙한 안개처럼 베이징 시내의 도로로 흩어진다. 나를 지탱해 주던 열정이라는 에너지도 베이징의 안개에 휩싸여 플라타너스 가로수에 걸쳐진다.

"뭐가 이렇게 길어요? 역사서요?"

"네. 역사서도 되고 소설도 되고 그렇습니다."

"이걸 어떻게 들고 가실 거요?"

나는 묶어 달라고 부탁했다. 방법은 한 가지뿐이었다. 짐꾼을 부르는 수도 있었지만 어금니를 깨물고 왼쪽 어깨에 짊어졌다. 등에 짊어진 노트북 가방과 균형을 이루기 위해 몇 번이나 짐을 추슬렀다. 베이징공항 뒷골목에는 나처럼 짐을 짊어진 사람들이 적지 않았다. 머리에 산더미 같은 짐을 인 아녀자들도 균형 잡힌 자세로 걸어가는데, 나는 발을 옮길 때마다 균형이 무너졌다. 내 어깨는 으깨진 두부 같았다. 팔과 다리도 쇳덩어리가 묶인 듯 묵직했고 등에 진 노트북은 난로 속에서 타 들어가는 장작 같았다. 이마에 땀이 줄줄 흘렀지만 사지육신이 자유롭지 못한 사람처럼 땀을 훔치지 못했다. 그러나 머리는 맑았다.

양손과 옆구리에 중심축을 두고 택시 승강장을 향해 부지런히 걷고 있는데 누군가 부르는 소리가 들렸다.

"이봐. 내 자동차 긁었어."

산적처럼 험상궂은 사내가 바야흐로 삿대질을 하고 있었다.

흑색의 자동차들이 즐비하게 늘어선 틈바구니 사이로 빠져나오긴 했지만 자동차를 긁어댄 적은 없다. 만일 트렁크가 사내의 자동차를 긁었다면 내 손의 감각을 통해 인지했을 것이다. 베이징에는 유난히 흑색 자동차가 많다. 정식 허가를 얻지 않고 버젓이 택시 영업을 하는 차량들인데, 그들의 횡포가 심했다. 잘못 탔다가는 수십 리 돌아가는 경우가 생긴다. 그들의 호객 행위도 거의 예술적이다. 흑색의 자동차 군단을 간신히 빠져나왔다고 안심했는데 산적 같은 사내에게 발목이 잡혔다.

"내가 언제 아저씨 자동차를 긁었어요? 증거를 대 봐요."

그러자 사내는 자신의 자동차로 다가가더니 새까만 옷소매로 뿌옇게 먼지가 묻은 자동차를 벅벅 문질렀다. 아니나 다를까 자동차 앞쪽 범퍼에는 선명하게 긁힌 자국이 두 군데나 있었다.

"이걸 보라고. 멀쩡하게 생긴 자동차를 망가뜨리고 어딜 가려고?"

"어이가 없어서! 저걸 내가 긁었다는 거예요?"

"당연히 그렇지. 어이! 친구들, 이 여자 그냥 보내면 안 되겠는데."

사내가 이렇게 외치자 흑색의 자동차 앞에 서 있던 한 무리의 산적 떼가 내 앞으로 다가왔다. 다짜고짜 내 머리에 인 짐을 끌어내린다. 그리고는 발로 툭 차 버린다. 인쇄공이 묶어 준 A4 용지 3천 매는 베이징의 혹독한 바람에 실려 베이징공항 뒷골목으로 마구 흐트러졌다. 나는 바닥에 엎드렸다. 마치 티베트인들의 기도 자세처럼 납작하게 엎드려 여기저기 바람결을 따라 흩어지고 있는 종이를 주웠다. 이를 악 물었는데도 눈가에서 물이 흘러내렸다. 쥐고 있던 종이에 물이 떨어지자 잉크가 번져 글씨가 어룽져 보인다. 택시를 기다리던 사람들이 내 행동을 보고 놀랐던 것일까? 하나 둘씩 달려 나와 주섬주섬 종이를 줍기 시작했다. 이 사람 저 사람이 흩어진 종이를 주워 내게 건네주자 산적 사내는 한풀 기가 죽은 얼굴로 다가왔다.

"타협합시다. 100위안만 주시오."

나는 종이를 낱낱이 펴다가 포켓에 넣어 둔 전화기를 들고 천 편집장에게 전화를 걸어 자초지종을 설명했다. 천 편집장은 수화기 너머로 이렇게 말했다.

"20위안만 줘요. 100위안은 너무 큰돈이오. 잃어버린 원고는 신경 쓰지 말고. 노트북에 번역된 원고가 저장돼 있을 것 아니오?"

천 편집장과 전화를 끊고 나서 나는 지갑에서 20위안을 꺼내 사내에게 내밀었다.

"내 잘못은 아니지만, 이거면 되죠?"

내 얼굴은 물기와 먼지로 범벅이었다. 사내 주변의 산적 떼는 각자의 자동차 안으로 사라졌는지 아무도 없었다.

"너무 적소. 30위안만 주시오."

나는 사내에게 30위안을 건넸다. 승강장에서 10여 분간 기다렸다가 택시를 탔다. 3천 매의 종이는 이 사람 저 사람의 손때가 묻어 부피가 두 배로 늘었다. 택시를 탄 뒤에도 산더미 같은 하얀 종이를 껴안고 있자 기사가 뒤를 돌아보며 말을 걸었다.

"집이 어디요?"

"상하이입니다."

택시 기사는 상하이 사람 같지 않다며 몇 번이나 돌아보았다. 천 편집장의 별장이 있는 만리장성 아래 도착하자 4월인데

도 모기떼가 극성을 부리며 달려들었다. 머리를 산발한 채 나타
난 나를 보고 천 편집장은 혀를 껄껄 찼다.

"그렇다고 그 종이를 다 주워 오는 사람이 어디 있소? 하나
를 알려주면 둘을 알아야지. 꼭 시키는 대로 행동해야 직성이 풀
리는 모양이구려."

그의 별장 안에도 모기떼가 날아다녔다. 나는 손톱으로 살갗
을 긁고 싶어서 모든 짐을 거실에 내려놓았다. 두 손을 부채 살
처럼 펼치며 그는 자신의 별장을 구경시켰다. 나는 땀과 눈물로
범벅이 된 얼굴을 씻지도 못하고 그가 소개하는 별장의 인테리
어를 둘러보았다. 진나라 고관대작의 집을 본떠 내부를 설계했
다는 그의 별장은 작은 도서관을 방불케 했다. 진열되어 있는 보
물도 적지 않았다. 도대체 이 많은 보물을 도굴해 온 것도 아닐
테고 어디서 구했느냐고 묻고 싶었지만 꾹 눌러 참았다.

그에게 노트북을 건네고 목욕탕으로 들어가 얼굴을 씻고 있
는데 누군가 노크를 했다. 나는 비누칠을 하던 손으로 문을 열
었다. 20대 초반의 한 여성이 수건을 들고 문턱에 서 있었다. 상
하이에서 왔느냐고 물으면서 그녀는 거실 쪽으로 눈짓을 했다.
내게 할 말이 있으면 안으로 들어오라고 비누 거품 묻은 손으로
손짓을 하자 그녀는 냉큼 안으로 들어와 문을 닫아 버렸다.

"작가예요?"

나는 고개를 저었다. 비누 거품 묻은 얼굴을 손으로 씻으며 뒤에서 주춤거리는 그녀를 거울을 통해서 훔쳐보았다.

"그럼 왜 왔죠? 여기?"

그녀가 당돌하게 묻자 나는 할 말이 없었다. 왜 왔는지 내가 나에게 묻고 싶었다. 눈동자를 휘돌리며 그녀는 마치 경쟁 대상을 만난 치타처럼 예민하게 굴었다.

"번역자예요."

"나는 작가죠. 북한 출신이긴 하지만. 나는 여기서 지금 허드렛일을 하고 있는데, 책만 한 권 내 주면 떠날 거예요. 한국 문학은 번역해 봤자 북조선 문학처럼 반기지 않을 거예요. 왜 그런지 아세요?"

나는 모른다고 대답했다. 정말 알 수가 없었다. 주머니에 넣어 두었던 다면경을 꺼내 화장기 지워진 내 얼굴을 들여다보았다. 다면경에 그녀의 얼굴이 보였다. 그녀의 이목구비에서 여러 개의 칼이 한꺼번에 튀어나와 내 뒤통수에 있는 비상등을 찔러 대고 있었다. 내 뒤통수에 작고 새까만 비상등이 달려 있다는 것을 어떻게 눈치 챘을까? 예리한 여자였다. 그녀가 내미는 수건을 빼앗아 들고 얼굴을 닦는데 천 편집장이 부르는 소리가 들렸다. 수건으로 얼굴을 싸안은 채 거실로 나왔다. 그는 내가 짐짝처럼 팽개친 인쇄본과 노트북을 고관대작의 책상 위에 올려놓고 있었다.

"일단 내 컴퓨터에 메일로 보내 준 파일이 있으니까 큰 문제
는 없어요. 인쇄본도 훑어보았는데 메일로 보내 준 파일과 큰 차
이가 없어 보이고. 중요한 건 문체인데, 번역 투가 너무 강해요.
알다시피 내가 시인 아니오? 시인은 이런 번역 투의 글을 용서
하기 어렵소. 며칠만 여유를 주면 내가 번역 투의 글을 수려한
시어로 싹 고쳐줄 테니 내 뜻에 따를 수 있소?"

나는 고맙다고 대답했다. 나는 천 편집장의 마루에 쪼그리고
앉아 노트북을 폈다. 편집장의 문체는 그야말로 중국의 대표적
인 시인답게 아름다웠다. 그가 문장을 고쳐 나갈 때마다 나 역시
노트북에 기름칠을 한 것처럼 고쳐 나갔다.

"대단한 작품입니다. 어지간해서 나는 칭찬이라곤 하지 않는
데 말입니다. 내가 이 원고를 산문이 아닌 시 문장으로 고치려면
시간이 꽤 소요될 텐데, 내게 시간을 좀 더 내줄 수 있을까요?"

별장의 하인처럼 일을 하고 있던 북한 아가씨가 중간에 끼어
들었다.

"서구 문학의 표절이던데, 주체사상도 없고……."

"모든 문학은 표절이지. 북조선 문학이야말로 70대 중국 문
학의 표절 아닌가? 문학이라고 이름 붙일 수가 없지. 그런데도
북조선 문학을 중국 학계에서 받아들이는 이유는 아주 간단해.

북조선 문학이 살아 있어야 한국의 뛰어난 문학이 중국 문학을 쑥대밭으로 만들지 못하거든."

그때 내 전화벨이 울렸다. 한국재단의 요안 국장이었다.

"안녕하세요? 상하이에 계시죠?"

상하이에 있으면 통역을 좀 해 달라는 내용이었다.

"아니요. 전 지금 베이징 작가출판사에 나와 있는데요. 한 가지 여쭈어 볼게요. 한국재단에서 번역 지원금을 지불했던《잃어버린 환상》원고 때문에 지금 골치가 좀 아파서요. 3년이나 들고 다니며 번역한 책인데 문장이 마음에 들지 않는다고 시어로 싹 뜯어고치겠답니다. 이런 경우 어떻게 해야 할까요?"

"저도 중국 출판사 친구들 속성을 어지간히 아는데요. 그런 식으로 말할 때는 속셈이 따로 있을 겁니다. 중국 사상의 매개체로 만들겠다는 얘기지요. 말려들지 말고 적당히 조율하시는 게 좋을 거예요."

요안 국장은 전화를 끊었다. 비록 이형우는 아니었지만 요안 국장의 전화를 받고 나자 용기가 생겼다.

"마르크시즘을 깔겠다는 건 아니죠?"

"물론이오. 엉성한 작품이면 마오쩌둥 어록을 깔 수도 있겠지만 이 작품은 양국 역사에 남을 거작이오. 마오쩌둥 어록이 이 작품보다 촌스럽소. 그리고 내 옆에 앉아서 나와 함께 검토하면

될 것 아니오?"

저녁이 되자 나는 베이징 시내의 호텔로 가겠다고 말했다. 그는 손님방을 이용하라며 한사코 말렸다. 만리장성의 어둠이 그의 별장에도 그늘을 드리워 초저녁부터 컴컴했다. 인가가 드문 별장에서 시내 호텔로 가자면 어떤 변수가 생길지 알 수 없다는 생각이 들었다.

"감사합니다. 저녁에도 작업을 하실 거예요?"

"괜찮다면 얼마든지 해 드리지."

그는 자신의 작품을 고치는 사람처럼 빽빽이 고쳐 나갔다. 그가 고친 문장을 새롭게 타자치는 나의 노트북은 날개 달린 용이었다. 번개였다. 천둥이었다.

다만 그의 윤문 실력을 따라잡지 못하는 내가 부끄러웠다.

한참 타자를 치던 그가 박수를 쳤다.

"출판비용은 필요 없어요. 보통 한국 본격문학은 출판비용을 받는데 이 정도의 작품이라면 출판비용이 필요하지 않아요."

그는 자신이 윤문한 문장을 보고 스스로 감탄했다.

"북조선 아가씨! 이 작품을 잘 읽어 봐."

그는 이형우의 작품을 그녀에게 내밀었다.

그녀는 한참 동안 들여다보았다.

"그래 봐야 중국 정부에서는 북조선의 책을 사들이고 있잖아요. 남조선 책에는 뭐가 있나요?"

"문학이 뭐라고 생각하나?"

천 편집장의 말에 그녀는 한참 대답하지 못했다.

"북조선 책들은 대학 이상을 졸업한 지성인들에게 표준 교재가 되고 있지요. 남조선의 소설은 뭐랄까요, 잔소리가 너무 많다니까요. 잔소리가 문학성인 줄 알고 있으니까요."

편집장은 다시 타자를 쳤다. 무서운 속도로 고쳐 나갔다. 빛의 속도였다. 빛의 속도로 고쳐 나가도 시어였다. 내가 생각해도 상상할 수 없을 정도로 아름다운 시 문장으로 거듭났다.

"정체성도 모호하군. 후반부로 가니까 힘이 떨어지는데. 저자에게 전화할 거요? 내가 문체 전반까지 손을 보았으면 하는데, 저자가 동의하는지 알고 싶소. 그러니까 나는 의역을 해야 한다는 생각이지. 후반부로 갈수록 모호해지는 정체성도 살려도 하고."

이형우는 자기 작품의 모든 향방을 내게 맡겼다. 정체성이 모호하다면 그 문제도 내가 알아서 고쳐야 했다.

"저자는 정체성이 모호하지 않아요."

"모호해. 아무래도 동방이 아니라 서방에 뿌리가 있겠어. 한국 작품들이 대개 그렇더군. 하긴 찍어만 주면 고마워하는 작가들이니까."

나는 발바닥이 아팠다. 몸의 다른 곳은 멀쩡한데 누군가 내 발바닥을 다리미로 지지는 듯했다. 천 편집장이 하는 말이 고깝진 않았다. 물론 헛소리로 날려 보낼 수도 없었다. 나는 딱딱한 방바닥에 주저앉아 피가 통하지 않는 발바닥을 주물렀다.

이튿날 아침 별장에서 나와 만리장성을 올라갔다. 철 잊은 더위 때문인지 아니면 짊어진 노트북 가방 때문인지 등과 이마에 땀이 흘렀다. 만리장성 중턱에 다리를 뻗고 앉아 땀을 식혔다. 땀이 식자 휴대폰을 들여다보았다. 동일한 아라비아 숫자를 몇 번인가 눌렀다가 지웠다. 만리장성의 담벼락 틈새마다 제비꽃이 소복하게 피어 있었다. 노랗게 피어난 제비꽃은 훈풍이 불 때마다 억새처럼 몸을 눕혔다.

만리장성 꼭대기를 향해 홀로 등반을 하고 있는데 전화벨이 울렸다. 천 편집장이었다.

"전반부는 내가 충분히 고쳤지만, 후반부는 중국 문학의 정체성과 함축성을 충분히 반영하시오. 그리고 후반부를 살리자면 마오쩌둥 주석의 어록부터 다시 읽으시오. 마오쩌둥 주석의 어록을 삽입하란 얘기가 아니라 마오쩌둥 주석의 어록에서 함축하고 있는 내용을 반영하란 말이오. 안 그러면 그 책은 살아남을 길이 없소. 그리고 중국 시가를 배우시오. 중국어의 미학을 배우자면 시학을 배워야 해."

나는 알았다고 대답했다. 노트북 가방을 어깨에 걸치고 만리장성을 오르는데, 노트북이 저절로 노래를 부르는 소리가 들렸다. 신의 경지에 다다른 채 윤문을 하던 천 편집장의 문장 부리는 솜씨를 어깨 너머로 배운 탓인지 나의 노트북도 마술을 부려 대고 있었다. 어쩌면 문장은 귀신일지 모른다는 생각이 들었다. 특히 한 글자가 수많은 의미로 요술을 부려 대는 상형문자야말로 진정한 사랑이나 실력이 없으면 마술의 경지를 흉내 내기란 힘들다는 생각도 들었다.

만리장성을 올라가면서 나는 몇 번인가 고개를 흔들었다. 어떻게 해야 언어의 마술 경지까지 다다를 수 있을까? 어떻게 해야 스승의 원서보다 뛰어난 문장으로 표현할 수 있을까? 어떻게 해야 내 노트북이 상형문자를 껴안고 춤출 수 있을까? 어떻게 해야 천 편집장처럼 빼어난 문장을 자연스럽게 써 내려갈 수 있을까? 어떻게 해야 노트북이 피아노처럼 연주할 수 있을까? 나의 노트북은 한심하지 않았지만 내 노트북을 연주하는 나의 연주 실력은 한심했다.

만리장성 중턱의 화강암에다 노트북을 집어 던지려고 하는데 휴대폰이 울렸다. 이형우였다.

"어디지?"

"만리장성입니다."

"거긴 왜?"

"베이징 천 편집장이 윤문을 해 준다고 해서 올라왔어요. 정말 대단한 실력을 지닌 문장가였어요. 너무 많이 고치려 한다는 게 문제이긴 하지만요."

"원래 제2의 언어로 번역할 땐 의역을 해야지. 직역으로 번역해야 하는 책은 따로 있지. 문학 책은 의역을 하지 않으면 그 의미를 전달할 수가 없어. 윤문해 준다고 하면 동의해. 나는 기본적으로 동의하니까."

"그런데 너무 시어로 고치고 있어요. 지나칠 정도로."

"고맙다고 생각해야지. 그리고 두어 달 뒤에 아내를 데리고 갈까 싶은데, 심술부리지 않고 안내해 줄 수 있겠지? 아내는 걱정이 안 되는데, 공연히 심술을 부릴 때가 있지 않아?"

나는 걱정하지 말라고 하고 전화를 끊었다. 그의 말처럼 나는 인내심이 부족했다. 중국으로 건너오면, 아무리 1미터의 간격을 두고 걸었어도 그는 나의 사람으로 존재했다. 하지만 이젠 중국으로 건너올 때도 자신의 아내를 동반해야 한다. 그는 표현하지 않았지만 아내의 눈치를 보고 있다. 혹은 그는 눈치 채지 못하고 있지만 그의 아내가 발톱을 드러냈다. 아마 우아하게 발톱을 드러냈겠지. 전혀 질투하는 것 같지 않게 말이다. '저기, 나, 중국에 따라가면 안 돼? 누굴 의식하는 건 아냐. 의식할 필요가 없잖아? 당신이 흔들릴 사람도 아니고. 그런데 조금 신경이 쓰여. 왜, 그런 기분 있잖아? 내가 좀 유치해지는 느낌 말이야. 과시욕도 조금 있어. 우리가 서로를 얼마나 사랑하는지 보여 주고 싶기도 해. 그 여자한테. 우리는 서로 사랑하잖아. 안 그래?'

새까만 어둠 속에 빠져든 화강암을 쓰다듬으면서 걷고 있는데 3천 년 전의 노예가 소리치는 비명이 들렸다. 나는 노예입니다. 집으로 돌아가는 길을 잊었습니다. 만리장성을 쌓아야 하니까요. 나는 노예입니다. 나는 화강암에 찹쌀 풀을 끼얹어 돌과 돌 사이에 풀을 붙일 때마다 피멍이 든 내 손바닥을 화강암에 찍어요. 나는 노예입니다. 단단한 돌을 어깨에 메고 빠다링(八達嶺, 만리장성이 있는 베이징 외곽의 산) 정상에 오를 때마다 가슴 뿌듯해지는 희열을 느낍니다. 나는 노예입니다. 돌과 돌 사이에 내 마음을 새겨야겠다는 집착에서 벗어나지 못하는 노예입니다. 노예의 운명에 자존이란 없습니다. 노예의 운명에 쾌락이란 있을 수가 없지요. 노예는 다만 돌과 돌 사이의 틈을 메꾸어 만리장성을 쌓는 데 행복을 느껴야 한다는 숙명을 타고 났습니다. 나는 자존심이 있는 존재가 아닙니다. 나는 행복한 노예입니다.

만리장성을 쌓았던 3천 년 전의 노예와 대화를 하며 화강암을 어루만졌다.

7

티엔이 화교문학상을 받았다는 소식을 그의 비서가 전해 왔다. 나는 상하이 서점으로 달려갔다. 화교문학상은 노벨문학상과 같은 위력을 지니고 있었다. 그의 신간 서적을 구입해 베이징으로 올라가고 싶었다. 베이징으로 올라가서 구입해도 되긴 했지만 상하이 서점가의 동향도 알고 싶었다.

9월의 태양 열기가 살갗을 때렸다. 늦여름의 더위에 아스팔트까지 늘어져 있었다. 거리를 지나다니는 여성들의 옷에서도 늦여름의 땀 내음이 풍겼다. 민소매 위에 웃옷을 걸치고 집을 나섰던 나는 상하이 서점가로 들어서며 웃옷을 벗었다. 검열을 나온 공무원처럼 상하이 서점가의 최신 서적 코너를 둘러보고 있는데 그의 책은 보이지 않고 잉숑의 책만 즐비했다.

결국 직원을 불렀다. 서점 직원들은 티엔의 작품을 찾는다는 내 말에 손사래를 쳤다.

"없어요. 있다고 해도 팔지 않고요. 중화인민공화국은 인민을 사랑하지 않는다는 내용으로 일관된 책을 우리가 팔겠어요?"

상하이 서점만 냉혹한 태도를 보인 것이 아니었다. 인민광장 중심으로 퍼져 있는 해적 서적 서점들도 마찬가지였다. 그런 책 없다며 파리나 모기처럼 내쫓았다. 그가 보내 준 원고는 노트북에 저장되어 있었지만 깔끔하게 출간된 책을 구하고 싶었다. 책을 구할 수 없자 갈증이 생겼다. 상하이 서점가를 다 뒤졌지만 허사였다. 하는 수 없이 티엔에게 전화를 걸었다.

"상하이에서 책을 사려니 구할 수가 없어요. 다 팔렸나요?"

티엔은 큰소리로 웃었다. 상하이 독자들은 원래 알코올중독에 걸린 고독한 남자의 이야기를 좋아하지 않는다고 말했다.

"베이징으로 올라오시오. 내가 상 받은 기념으로 맛있는 것을 사리다."

저녁 여덟 시에 상하이 기차역에서 특급 열차를 탔다. 베이징까지 아홉 시간이 걸렸다. 기차 안에서 줄곧 이형우의 작품을 고쳤다. 객실에 앉아 작업을 하자니 충전할 수 있는 콘센트가 없어 노트북을 들고 로비로 나왔다. 초저녁에는 누런 전선처럼 익어 가는 대륙의 가을을 구경하느라 사람들이 많이 드나들었지만 밤 10시가 지나자 로비에는 승무원과 나뿐이었다. 구름 속을 달려가는 로켓포 같은 초고속기차 안에서 노트북을 두들기고 있자니, 나는 어느 혜성에 불시착한 대장장이 같았다. 그 대장장이는 누런 전선으로 만든 칼을 등에 지녔다. 대륙을 횡단하는 열차는 들판을 누비는 제트기였다. 사실 내 머릿속의 이성으로 판단했을 때 들판이었을 뿐 감성으로 와 닿는 그 장면은 번개로 만든 칼이었다. 칼은 밤새 꾸준히 연마되었다.

동이 틀 무렵 베이징 역에 내리자 가느다란 빗방울이 떨어져 내렸다. 그러나 베이징 역사 광장을 지나다니는 사람들은 아무도 우산을 쓰고 있지 않았다. 동틀 무렵의 베이징은 잡다한 쓰레기들로 자존심을 치장하고 있었다. 보도블록에 쌓인 쓰레기는 13억을 이끌어 가는 조형물 같았다. 역사의 광장을 지나다니는 외지인들도 지글지글 끓는 여름 냄새를 풍기며 하루를 시작하는 베이징의 아침에 서둘러 합류했다.

논스톱으로 달리는 기차 안에서 밤새 노트북을 두들겼기 때문인지 광장을 지나가려는데 다리가 휘청거렸다. 등과 어깨도 아팠다. 트렁크 위에 노트북 가방을 올린 채 기타를 튕기듯 딩, 딩, 딩, 딩, 딩 끌고 가니 손과 발에서 정전기가 생겨 아렸다.

광장을 지나 택시 승강장으로 가고 있는데 노트북 가방에 넣

어 둔 전화가 울렸다. 몸을 수그려 노트북 가방을 뒤졌다. 이형
우 전화였다.

"어디요?"

"고향으로 갑니다."

"또 시작이다! 베이징이 고향이란 말인가? 농담도! 거긴 작
전상 당신을 불러들이는 곳 아닌가? 조심하라니까."

"걱정 마세요. 저는 상하이든 베이징이든, 아니면 마음의 고
향이 따로 있든, 그건 그다지 중요하지 않다고 생각해요."

"그래? 이제 철이 든 모양이네. 결국 중화의 중심으로 가야
한다면, 신중하면서도 가볍게. 산책하듯이 그렇게 걸어요."

무슨 뜻이냐고 물어 볼 틈도 없이 전화는 끊겼다. 그는 은근
이 내가 중화에 뿌리내리기를 원했다. 분명하다. 내가 외로워지
기를 바랐다. 티엔을 통해 나의 외로움이 달래지기를 기다렸다.

다시 전화벨이 울렸다. 나는 보슬비를 축축이 머금은 베이징
가로변 초지에다 시선을 주며 전화를 받았다.

"다음 달에 프랑스에 같이 갈 생각 있소?"

나는, 중화 들판을 누비고 다녀야 한다는 말을 반복했다. 그
럼 하는 수 없이 아내와 함께 여행해야겠다며 그는 전화를 다시
끊었다. 안개가 껴 하얀 베이징 시내의 가로변에 시선을 내리꽂
았다. 땅에 동전이 떨어져 있는 것처럼 고개를 숙이자, 땅에 나

165

를 끌어들이는 귀신이 있어 나의 온 전신을 빨아들였다. 무작정 엎어졌다. 나는 땅에 그의 얼굴이 있는 것처럼 고개를 꺾고 콘크리트 바닥을 어루만졌다.

우정호텔로 가는 택시 안에서 티엔에게 전화를 걸었다.

"자동차를 보낼 수 있는데 왜 이제야 연락하는 거요?"

"아닙니다. 우정호텔에서 뵙죠."

우정호텔에 도착하자 비서와 함께 그가 입구에 서 있었다. 그는 호텔의 중앙에 자리 잡은 중국집으로 나를 안내했다.

자리에 앉자 그의 비서가 재판으로 찍은《헛소리》열두 권을 내밀었다.

"상하이에서는 전혀 구할 수가 없던데요."

"상하이 서점계는 화교문학상을 경멸하오. 나도 별로 좋아하지는 않지만. 공짜로 주니까 받는 것이오. 이 까짓 거 받아야 몇 달 지나면 재활용 쓰레기지. 어? 그런데 눈에 눈물이 고였네. 또 마음고생에서 벗어나질 못하고 있군."

나는 쓸쓸하게 웃었다. 이형우는 행선지를 분명히 밝혔다. 그러나 언제나 1미터의 거리가 있었고, 아내에 대한 소중한 마음을 여실히 드러냈다. 그의 아내에게 질투심이 없는 것은 아니었지만, 본능적인 심술이 발동하는 것도 사실이었지만, 무엇보다 가슴이 아픈 것은, 그가 완전한 감옥 속에서 이 눈치 저 눈치를 보는 고아 같았기 때문이다. 내 눈치는 보지 마세요. 그냥 연락하지 말고 지내세요. 행선지가 어디인들 마음에 담을 필요가 없잖아요. 책을 들고 떳떳하게 뛰죠. 책을 들고, 저자와 번역자의 만남으로 연결고리를 만들어도, 그래도 당신의 아내 눈치가 보인다면 우리 만나지 말고 그냥 책이나 만들죠. 우리의 책이 지구를 돌고, 달을 돌고, 명왕성을 돌고, 화성을 돌고, 그러다가 지치면 우리의 책이 핵폭발을 해 사멸하겠지요. 그래도 쓸쓸한가요? 인간이란 존재의 모든 가슴은 원래 쓸쓸하다는 걸 모르진 않았잖아요. 그냥, 이제부터 쓸쓸함을 즐기죠. 즐기자고요.

우정호텔의 중국집 손님은 태반이 서양인이었고, 잘 자란 자작나무처럼 키가 큰 사람들이 서빙을 하고 있었다. 몇 사람의 외국인이 음식을 먹으면서 중얼거렸다. "중국이 너무 큰단 말씀이야. 너무 커. 짜증나게." 그러면서 우리가 앉은 테이블 쪽을 바라보긴 했지만 티엔은 못 들은 척했다.

"국적을 바꾸시오. 그러면 내가 그대의 가슴에 품고 있는 정인의 소설을 국제화시켜 드리리다. 어차피 이미 절반의 중국인 아니오? 연합작전을 폅시다. 그래도 한국 국적 보유하고 있는 것보다 이 미친 놈의 나라, 중화인민공화국 국적을 보유하는 게 낫지 않소? 정인의 책을 들고 본격적으로 뛰자면 우리가 자주 만나 술을 마시는 게 좋아요. 어차피 여기저기에서 다 보고 있거든. 보라고 하고. 우리는 즐깁시다. 그리고 사실 솔직하게 말해서 당신의 정인이 한국이라는 감옥으로부터 탈출할 수 있는 길은 그대가 국적을 바꾸는 길이오. 그대 정인의 새가슴으로는 용기가 없어 국경을 넘지 못해요. 국경은커녕 자기 아내의 허락 없이는 집 울타리도 넘지 못할 거요. 그대가 일을 저지르시오. 국적을 바꾼 다음에 우울과 답답증으로 썩어 가는 그의 가슴을 해체하시오. 그게 답이오."

이형우가 행복한 감옥에 갇혀 있다는 것을 어떻게 알았느냐고 물을 필요는 없었다. 우리 사이에는 책이 있었다. 나는 그 두 사람의 번역가였고, 그들은 책에다 모든 것을 바쳤다. 소설의 제단에 그 두 사람은 자기 주위의 아주 소중한 사람들까지 바쳤다.

"한 가지 묻겠는데, 그대 정인의 태도를 나는 가끔 이해할 수가 없거든. 목숨 바치고 덤비잖소? 그 예리한 작가가 그대의 순정을 모를 리가 없는데. 완벽한 중립이오?"

중립은 아니었다. 그는 선택을 하지 못하고 있었다. 진부한 일상에 짜증을 내면서도 그는 일상의 하루를 소중하게 생각했고, 현실의 감옥에 진저리를 내면서도 감히 벗어날 용기가 없었다. 현실의 감옥에서 벗어나는 길이란 여행이었는데, 그런 점은 나하고 상반되었다. 그는 세계 여러 나라를 무진장 여행했다. 그 점은 내가 납득하기 어려웠다. 그렇다고 율리시즈 유형은 아니었는데. 나는 칸트를 좋아했고, 자기 정원에서 전 우주를 목격할 수 있다고 생각하는 편이었다. 중화의 땅을 이 잡듯이 뒤지고 다니긴 했지만, 그것은 그의 작품을 살리기 위한 몸부림이었을 뿐 여행은 아니었다. 나는, 사방팔방이 쇠창살로 엮어진 나의 작업실에서 견딜 수 있었고, 거긴 안전지대였다.

"영역이 다른 거 같아요. 저는 정신 영역의 연인이고, 또 그분의 아내는……."

"뭐요? 한국 남자들은 사랑을 그런 식으로 하나? 돌겠네. 잰다는 얘기 아니오? 최소한 중화의 사내들은 사랑을 그런 식으로 하지 않아. 정말 사랑하면 이놈의 땅덩어리도 내놓는 것이 중화의 사내들이오. 그 친구 사랑을 못하는 거요. 아마 고아로 자랐거나 혹은 첫사랑의 여인에게 배신을 당했거나 무슨 사연이 있을 것인데. 작품을 보아하니 고아 출신이야. 냄새가 나. 국적을 바꾸시오. 어차피 중화가 제2의 조국 아닌가? 이형우도 은근히 그걸 바랄지도 모르지. 그딴 식으로 사랑을 저울질하면 쓸쓸해지는 건 그 양반인데, 모를까? 하긴 뭐, 한국 땅에서 살아남으려면 그 방법밖에 없을지도 모르겠군. 미안하오. 함부로 떠들어서. 매우 우울한 나라 아닌가? 하여간 국적을 바꾸시오. 숨통 터지는 나라에 무슨 미련이 그렇게 많소? 결심만 세우면 서류정리는 내가 할 테니, 부디 결심을 하시오."

그는 벌써 만취 상태였다. 혀가 꼬부라지면서 연달아 내게 국적 변경을 제안했다. 나는 생각해 보겠다고 대답했다.

　영화배우처럼 이목구비가 수려한 그의 비서가 자리에서 일어나 그의 손을 붙들어 잡았다. 대낮부터 술에 취하면 어떻게 하느냐고, 그의 비서는 아주 오래된 연인처럼 잔소리를 했다.

　내 눈앞에는 만리장성을 쌓기 위해 찹쌀풀로 이음새를 막아 대던 노예가 다시금 떠올랐다. 그는 노예근성으로 버티지 않았다. 군주의 명령에 복종하는 숙명에 이끌린 것도 아니었다. 지구 무게만큼이나 무거운 돌을 어깨에 지고 나르는 순간 노예의 뇌리에 번쩍이는 단어, 그것은 흔적이었다. 노예는 자기 흔적을 만리장성에 새겨야겠다는 집착으로 그 지겨운 노역을 견딜 수 있었던 것이다.

　나는 쥐고 있던 젓가락을 내려놓고 차창 밖을 내려다보았다. 9월의 우정호텔 정원은 자작나무와 백양나무 가지마다 금빛 찬란한 태양이 내려앉아 바라보자니 어지러웠다. 까치 한 마리가 날아와 백양나무에 자리를 잡으려고 안간힘을 썼다. 하지만 역부족이었다. 적당히 부는 훈풍에 힘입어 백양나무 잎사귀는 따발총처럼 방어를 했고, 따갑게 내리쪼이는 늦여름의 햇살은 까치의 눈을 멀게 했다. 우정호텔은 부동산 사업을 하던 티엔의 아버지가 그에게 물려준 것이었다. 50여 개 동이 단층으로 이루어진 우정호텔은 계절마다 그 아름다움을 자랑하는 정원수로 인해 세계 각지에서 영화인들이 몰려와 독립영화를 찍곤 했다. 그러나 정작 그는 우정호텔에서 영화를 찍지 않았다. 늘 보는 화면이라서 따분하기 그지없다는 것이 우정호텔에서 영화를 찍지 않는 이유였다. 하지만 우정호텔의 자작나무 숲은 세계 영화인의 눈을 유혹할 만큼 아름다웠다.

티엔이 얻고자 하는 것은 신천지(新天地)라고 말하는 사람도 있었지만 내 느낌으로는 아니었다. 그는 소설가였다. 반영구적인 작품을 얻고자 했다. 영화업계에도 잘 알려진 인물인데다 베이징 작가 주석이었지만, 그가 집착하는 직업은 소설가였다. 두서없이 떠들기를 좋아했으니까(독자를 의식하지 않는다는 게 문제였지만). 한참 떠들다가 고개를 축 늘어뜨린 채 졸고 있는 그를 발견하자 나는 다가가서 일으켜 세우고 싶었다. 비서가 그냥 두라고 말했다. 나는 정원에다 눈을 꽂았다. 고목이 된 오리나무 껍데기마다 총알 같은 구멍이 뚫려 있었다. 어디선가 한 무리의 딱따구리가 날아와 총알구멍 같은 오리나무 껍질을 뚫고 애벌레를 잡아먹고 있었다. 딱따구리가 머리를 처박고 애벌레를 잡아먹는 순간 죽어 있던 오리나무는 진저리를 치며 비명을 질렀다. 나무들의 발밑에는 제비꽃, 민들레꽃, 패랭이꽃 들이 서로 앞을 다투며 경쟁하듯 피어나 시간이 멈추어 버린 비밀의 숲으로 진입했다는 착각이 들었다.

　나는 고개를 거두고 그의 비서를 바라보았다. 그는 따분한
얼굴로 앉아 있었다.

　"정신과 치료 받는다지요?"

　그의 비서는 고개를 흔들었다.

　"치료를 받는 게 아니라 역이용하는 거죠."

　"역이용?"

　그때 티엔이 고개를 들었다.

　"중화라는 감옥으로부터 도망가고 싶을 때 정신과를 이용하
지요. 중앙당에서 일부러 가두는 때도 있어요. 나는 소박한데,
공연히 정치적인 욕심이 있는 것으로 해석하고들 있지. 중화의
정신적 지주라는 벼슬도 흥미 없소. 익명의 자유를 즐기는 게 최
상이지. 권력이고 지랄이고, 하여간에 즐겨야 하는데, 내 주변의
인간들은 즐길 줄 모른단 말이오. 중앙당에서 망명 갈 거냐, 정
신병원에 들어가겠느냐 물으면 나는 망명은 싫다고 말하오. 망
명보다는 정신병원에서 익명의 자유를 즐기겠지. 이형우 선생
은 어떤 타입인가? 그 친구 작품을 보아하니 위험한 바둑을 두
는 타입이던데. 그 친구 목표가 노벨문학상인가? 당신이 혹시
그 친구 욕망의 주춧돌 아니오? 니미럴! 노벨문학상이 무슨 의
미가 있다고!"

익명의 자유를 즐기기 위해 정신과로 숨는다는 말을 덧붙였을 때 나는 그의 작품이 생각났다. 모든 작품이 다 그렇진 않았지만 《헛소리》는 마침표도 없었고 띄어쓰기도 일체 없었다. 논리도 완전히 무시된, 입에서 터져 나오는 대로 일순간에 쓴 광란의 소리였다. 그러나 자세히 읽으면 그것은 역사서였다. 소설이 아니었다. 티엔의 소설을 번역할 때 나는 원문 그대로 마구 타자를 두들겼다. 원문이 광기를 품고 있었기에, 그것 그대로 번역을 해서 한국 출판사에 넘겼다. 그런데 말끔하게 정리를 하지 않으면 출간할 수 없다고 해서 마침표도 찍고 띄어쓰기도 했으며, 비논리적인 문장을 윤문했다. 그러자 원래 작가가 말하고자 하는 의도와는 전혀 다른 내용이 되어 버렸다.

실컷 떠들다가 그는 엉뚱한 소리를 했다.

"희생이라는 단어 좋아하오?"

"별로 좋아하지 않아요."

"그런데 계속 희생적인 사랑을 하고 있던데?"

나는 종업원이 테이블에 올린 딤섬을 젓가락으로 하나씩 집어 먹었다.

"정인은 자주 연락이 오시오?"

"아뇨. 여행을 하신대요. 자신의 아내와 함께요."

"그래서 기운이 빠진 거요?"

"글쎄요."

"진정한 왕소군이 되시오. 티베트 유물 십일면관음보살상을 드릴게. 티베트 유물 좋아하잖아요? 이형우 선생도 티베트 유물 좋아하겠던데. 그쪽한테도 십일면관음보살상을 드릴게."

티베트의 십일면관음보살상은 거래되는 것이 아니었다. 상징이었다. 십일면관음보살상을 주겠다는 얘기는 거짓 없이 솔직하게 마음을 드러내겠다는 의미였다. 한 인간의 얼굴이 얼마나 많이 분화될 수 있는지, 인간의 내면에 내재된 얼굴이 얼마나 많은지 너무도 사실적으로 표현을 해서 십일면관음보살상은 바라보고 있으면 섬뜩했다. 인간의 얼굴은 시시때때로 변하는 괴물이었다.

"차라리 베이징 역사박물관의 도토리를 주세요."

나는 티엔과 함께 베이징 역에서 역사박물관까지 마라톤을 한 적이 있었다. 그는 소설가면서 마라토너였다. 2008년 베이징에서 올림픽이 개최되었을 때 그가 성화 봉송을 했다. 그것은 약간 정치적인 쇼가 작용했기 때문이다. 서방에서 중화인민공화국을 박살낼 수도 있다는 소문은 그 무렵부터 널리 퍼졌다. 그 때문에 마오쩌둥의 어록을 추종하는 중화인민공화국 정신세계의 주자가 성화 봉송을 하는 것은 적절하지 않다는 판단을 내린 듯했다. 그래서 중화의 지식인인 티엔을 내세운 것이다. 중화인민공화국은 서방을 등에 업은 신공룡, 중화를 두려워했다. 티엔이 움직일 때마다 공안이 따라다니며 에스코트했다. 보호면서 감옥이었다. 티엔은 그 감옥 속에서 자유롭게 노닐었다. 티엔과 내가 베이징에서 역사박물관을 향해 마라톤을 할 때도 도로변에 공안이 쫙 깔려 있었다. 우리는 의식하지 않고 뛰었다.

베이징 역사박물관은 공포스러울 정도로 웅장했다. 사람의 기를 단숨에 제압하는 웅장함도 압권이었고, 징글징글 맞게 많은 기원전의 보물들이 가슴을 조여들게 했다. 그중 특히 내 눈길을 끈 것은 구석기시대 유물 도토리였다.

"도토리? 뭐하게?"

"배고플 때 먹으려고요!"

"굽고 싶다는 얘기군. 역사 말이야. 요즘 베이징 역사박물관 전시물 조작이 좀 많아야지. 불안하오? 내 말은 번역자도 역사의식을 느끼는가 그 말이오. 역사는 소설보다 재미없는데…….소설만 먹다가 싫증을 느꼈나?"

그는 중화 브랜드를 입고 있었다. 중앙당에 충성을 하지 않는다고 했지만 소문과는 달랐다. 자기 방식으로 중앙당을 사랑하고 있었다. 반면에 나는 어쩔 수 없는 한국인이었다.

나는 어쩌면 이형우보다 티엔에게 정신세계가 기울어져 있었는지 모르겠다. 우리는 허물없이 얘기했고, 역사고 나발이고 그딴 것 잊고 진정한 마라토너가 되자고 약속했다. 하지만 그는 중화의 지성이고, 중화의 아들이었다. 그는 중화 브랜드를 벗어날 사람이 아니었다. 그러므로 그는 나의 벽(서러울 때마다 기대는 벽)이었고, 이형우는 나의 태양이었다. 그게 우리의 숙명이었다.

나지막한 건물로 이루어진 우정호텔의 산책로에 눈길을 주었다. 베이징의 가을은 상하이보다 일찍 찾아왔다. 아직 9월이었지만 베이징의 가을은 우정호텔의 숲에서부터 시작되었다. 우정호텔의 숲에는 철 이른 가을이 찾아와 침엽수와 활엽수의 경계선을 또렷하게 구분 짓고 있었다. 낡은 건축물처럼 칙칙해진 침엽수 사이로 여름내 더위에 지쳤던 활엽수 잎사귀가 야수파의 그림처럼 독특한 색상을 드러내, 우정호텔의 고풍스런 이미지와 기이한 형태로 어우러졌다.

"약과 전쟁을 치르는 거죠. 병원에 가서 약을 처방받기는 하지만 그 약으로 내 우울증을 치료할 수 있다고 믿진 않아요. 약을 꼭꼭 씹어 먹긴 하는데, 내 내면에 잠자고 있는 잠재력을 불러내 병원에서 처방받은 약과 투쟁을 하게 만들어요. 재미있잖아요?"

"헛소리하지 말고 국적이나 바꾸라니까. 당신의 우울증은 지독한 외로움 때문에 생긴 병이오. 타고난 이성과 감성으로 그 외로움을 덮고는 있지만 덮히나? 세포분열하듯 터지는 것이지. 그

176

게 당신의 우울증이오. 우울증을 키우는 건 당신 본인이기도 하지만 어떻게 보면 이형우 선생 탓도 있지. 내가 쭉 지켜봤는데, 책에서도 나와 있던데, 다소 우유부단하단 말씀이오. 그런 사내를 목숨 내걸고 사랑하고 있으니 어리석다고 해야 하나? 우유부단한 사내들이 욕심은 더 많은 법이지. 더군다나 머리로 사랑을 하려고 들다니! 솔직히 나는 그 친구 작품을 서재에서 읽지 않아요. 화장실에서 읽고 화장실 휴지통에다 처박아 버리지. 그 가난한 상상력이라니!《산해경》이나 읽으라고 하시오."

그는 내 접시에 딤섬을 집어 놓았다. 그는 아무것도 먹지 않고 떠들어 대고 있었다. 한순간 나의 뇌리에는 화장실 휴지통에 처박히는 책이 떠올랐다. 그의 저작물이기 전에 그것은 내 열 손가락 끝에서 탄생한, 열정이라는 이름의 텍스트였다. 화장실 휴지통에 처박든 자기 작업실 난로에다 집어넣든 그것은 그다지 심각하지 않았다. 오히려 잘된 일이었다. 씹히지 않으면, 밟히지 않으면 중화권의 문단으로부터 사랑받을 수가 없었다.

"《산해경》? 그분은 그 책 별로 좋아하지 않아요.《삼국지》를 아주 좋아하죠. 아무튼 그분의《고독한 사랑》도 지하에 묻어 주실 거예요? 만리장성 지하에다 묻어 준다고 하시더니……."

"만리장성 밑에 묻어 주면 좋겠소? 그게 무슨 의미가 있다고! 영원히 남는다? 영원이라는 달콤한 유혹, 좋지 좋아. 차라리 베이징 역사박물관에다 진열해 줄까? 거기에 진열된 소금기둥 연인 알았소? 5천 년 전 스토리지만, 도무지 이루어질 수 없는 원수 집안의 남녀가 얼싸안은 채 소금밭으로 들어가 소금기둥이 되어 버린 것 아니오? 꽁꽁 얼싸안은 채 소금기둥이 되어 버렸는데, 부식되지 않고 5천 년을 버틴 것이지. 어이, 버지니아 울프 선생, 혹시 책이라는 매개체로 1만 년 동안 연인과 소금기둥이 되려는 거요? 1만 년이라, 그거 의미 있을까? 우리가 존재하는 세상에서 연애도 하고 즐깁시다. 그리고, 그 친구 가면이 여럿이오. 명심하시오."

"저도 몇 가지 가면이 있어요."

"다행이군."

나는 다시 고개를 돌렸다. 우정호텔 빌딩과 빌딩 사이로 바람이 불자 자작나무 잎사귀들이 고대 왕관처럼 흔들거렸다. 거무죽죽한 침엽수는 눈부시게 쏟아지는 햇살 아래 누더기를 벗고 거무죽죽한 새순을 살며시 내밀고 있었다. 우정호텔의 침엽수는 봄이 아니라 늦여름에 새 옷으로 갈아입었다.

"그건 그렇고. 왜 자꾸 마오쩌둥 주석의 어록을 번역하오?"

나는 마오쩌둥 주석의 어록을 번역한 적이 없었다. 비유였다. 잉숑의 작품이 마오쩌둥 주석의 사상을 찬양하고 있었으므로 간접적으로 표현하자면 나도 마오쩌둥 주석 어록의 찬양가였다. 내가 잉슝 작품을 송두리째 번역한 것은 문학성 때문이 아니다. 광란하는 듯한 만연체 문장을 사용하고 있었지만 그의 문장은 정직했다. 내가 한국 작품을 번역하는 데 있어 그의 문장이 교본이 될 수 있었다. 욕설이 난무했지만 문법 구조는 확실하고 정확했다. 그러나 동서남북 중국 당대 시대 천왕의 문장은 장난이 심했다. 문법을 완전히 무시했다. 특히 진시황의 후손 자(賈) 작가는 시안 사투리로 도배를 하고 있어서 그의 문장을 교본으로 활용할 수는 없었다. 그의 작업실에 찾아가면 진시황의 보물이 즐비했다. 아니 그는 제2의 진시황이었다. 잉슝은 무리한 야심가는 아니었고, 성실했다. 내가 메일로 던지는 질문에 꼬박꼬박 대답을 해 주었을 뿐만 아니라, 내가 번역한 이형우 작가의 작품을 손수 보자기에 싸 들고 다니며 중국 출판사를 찾는 데 협조해 주었다.

내가 손을 만지작거리고 있자 티엔은 고량주를 단숨에 마셨다.

"잉슝은 예술가가 아니오. 중화인민공화국이 찢어질까 봐 주석들이 내세운 경극 배우지."

"듣자니 혁명을 꿈꾼다죠?"

"나? 에이, 나야, 뭐, 알코올중독자인 것이고. 정작 그대 정인의 꿈이 뭘까 싶어. 세계 최고의 문인이오? 자기 책으로 관을 짜는 것이오? 맞았어. 자기 책으로 관을 짜는 게 소망이로군! 음!
카드가 보였어."

그는 타인의 시선을 의식하지 않고 박수를 쳤다. 박수소리에
놀랐는지 빚어 놓은 도자기처럼 섬세하게 생긴 그의 비서가 돌
아보았다.

"하여간에 내가 당신을 아끼니까 충고하는 거요. 당신의 정
인은 우유부단하다니까. 생각이 너무 많소. 몰랐소? 어이, 버지
니아 울프 선생, 걸읍시다. 마라톤 방식으로. 이형우 선생, 끌고
다니시오. 나는 상관없으니까. 한국형 까뮈 아니오? 발자크인
가?"

나는 주먹을 풀고 그가 내미는 술잔을 거머잡았다. 술로 입
술을 적신 후에 나는 다시 입을 열었다.

"너무 그러지 마세요. 두 분 다 소설가잖아요. 상상력은 창작
할 때나 발휘하시고, 현실의 세계에선 진실한 얘기를 하시죠. 그
분은 길들여진 고아 같다니까요. 마음이 좀 가난하긴 하지만, 소
설가 그 이상도 이하도 아니랍니다. 티엔 선생님에겐 중화도 있
지만, 그분에게 뭐가 있게요? 없어요. 아무것도."

티엔은 고량주를 한꺼번에 쉬지 않고 한 잔 들이켰다.

"정작 야심가는 당신이로군. 중심을 꽉 잡았네. 일편단심 민
들레로군. 감격스럽소. 하긴 그 친구가 무슨 힘이 있나? 이방인

이지. 그런데 궁극적으로 얻고 싶은 게 뭐요? 이형우 선생은 정신적으로만 사랑한다며? 그건 소유하는 게 아니잖소?"

"내 마음을 솔직히 비추는 거울 하나를 얻고 싶어요."

티엔은 고량주 잔을 탁자에 내려놓고 손바닥으로 자신의 무릎을 쳤다.

"우리 가면 벗고 얘기합시다."

나는 좋을 대로 하라며, 식탁에 놓인 그의 고량주 잔에 건배를 했다.

"나는 알코올중독자요. 술 처먹으면 세계지도에다 오줌을 싸대는 버릇이 있지."

"알아요."

"어떻게?"

"작품 속에 나오잖아요."

고량주 잔을 들어 입술을 적시면서 나는 웃었다.

"그럼 그대 가면을 벗을 차례인데, 이형우 작가보다 내가 당신의 진정한 정인 아니오? 그냥 트릭 아닌가 해서. 자기 감정을 속이는 천재 아닌가? 아니면 이형우 작가와 나의 정신세계를 동시에 장악하려는 것인지? 중국 문단의 개들은 그런 소식이 궁금하거든. 한국 문단은 모르겠고, 중국 문단에는 쫙 퍼졌소. 당신이 우리 둘 다 개처럼 끌고 다닌다는 거야."

나도 고량주 잔을 내려놓고 배시시 웃었다.

"네. 둘 다 나의 정인이라고 해 두죠. 나쁠 것도 없네요."

티엔은 다시 고량주 잔을 들었다.

옆 테이블에 앉아 있는 티엔의 비서가 자꾸 시계를 들여다보며 그만 일어나라고 재촉했으나 그는 일어나지 않았다. 딤섬 접시를 거두고 나간 종업원은 중국 차를 하얀 주전자에 내왔다. 베이징 사람들이 즐겨 먹는 국화차였다. 국화차 주전자 겉면에 20세기 베이징 작가의 거두 라오서(老舍)의 얼굴이 새겨져 있었다. 그는 라오서의 얼굴을 쓰다듬으며 내 찻잔에다 국화꽃을 드리웠다. 국화 냄새가 꽃다발처럼 풍겼다.

우정호텔 바깥을 내다보았다. 화사한 햇살이 백양나무 잎새에 닿아 나뭇가지는 댄스가 한창이었다. 고요하고 나른한 늦여름 오후였다.

"이제 보니 가면이 여럿이군. 자기 감정에도 가면을 씌우네. 음! 나는 중화 브랜드를 쥐고 있어요. 게다가 내 아내는 질투하지 않거든. 내가 그대와 연애하길 기다린다오. 아내는 철학책 같은 걸 대단히 경멸하지요. 당신은, 그러니까 인간하고 연애를 하는 게 아니잖소? 연애의 대상은 책 아니오? 가면을 벗고 이야기하자니까."

나는 창문 너머로 우정호텔의 백양나무를 바라보았다. 늦가

을의 따가운 저녁 해가 백양나무에 걸쳐져 있었다. 수령 100년 이 넘는다는 백양나무 가지의 잎사귀마다 석양이 내려앉아 붉은 혁명시절의 스카프 같았다. 우정호텔의 넓은 산책로를 따라 마라톤을 하는 서양인들이 제법 보였다. 저층으로 이루어진 우정호텔은 50동의 건축물이 백양나무 숲에 둘러싸여 있었다. 노을이 지자 백양나무는 호텔의 위용을 지켜 주는 헌병 같았다.

"그분과 거리 유지를 하자면 그 방법밖에 없어요. 거리 유지는 우리들의 신앙이죠."

"자동차요? 거리 유지를 하게."

그는 박수를 치며 웃었다.

그때 식당으로 대여섯 명의 손님들이 들어섰다. 육중하게 달혔던 문이 열리자 정원의 햇살이 식당 안을 훤하게 비췄다. 거리의 태양을 머리에 이고 들어선 그들 때문에 눈을 찌르는 듯한 햇빛이 벽을 때렸다. 벽에는 긴 칼을 뽑아 든 여전사가 세상 바깥으로 튀어나오기 위해 대기하고 있었다. 다이너마이트 같은 햇살이 칙칙한 벽에 부딪치자 여전사는 벽 속으로 숨어 버렸다.

"우리 위선 깔지 말고 본격적으로 왕소군이 되어 연애해 볼 생각 없소? 베이징 역사박물관에다 그대 정인의 책을 진열해 드리리다."

티엔의 제안에 국화차를 마시던 나는 귀가 가려웠다. 만리장성 지하가 아니고 역사박물관에다 진열하겠다는 저의가 무엇인지 자못 궁금했지만 물어 보자니 자존심이 상했다. 눈앞에 베이징 역사박물관 광경이 얼핏 떠올랐다. 그것은 하나의 공화국이었다. 그 어마어마한 역사박물관에는 《서유기》 속에서 튀어나온 손오공이 진열되어 있었고, 《삼국지》의 주인공 조조가 전사처럼 입구를 지키고 있었다.

"조건이 있어요. 이형우 작가님의 작품을 전집으로 출판해 주시고 영화도 만들어 주세요."

그가 국화차 찻잔을 식탁에 내려놓는다.

"그럼 나도 조건이 있는데?"

"제시해 보세요!"

옆자리에서 비서가 일어나라고 재촉했지만 티엔은 자리를 뜨지 않았다.

티엔은 내 귓가에 대고 속삭였다.

"우리 셋이서 유럽 여행 갑시다. 어떻소?"

"나쁘지 않군요."

티엔의 말에 나도 맞장구를 쳤다.

"트릭 쓰지 말고, 이번에는 진솔하게. 저 친구에게는 비밀이오."

티엔은 눈짓으로 자신의 비서를 가리켰다.

"이거 받아요."

사내가 내미는 사각형 종이를 받았다.

자리에서 일어서며 사내는, 티엔은 허벅지를 슬쩍 만졌다.

"우리 경극 무대 올라갑시다. 배우로. 우리 셋이서 공연을 하자는 것이지."

"재미있겠네요."

사내가 자리에서 일어나자 그의 비서가 달려왔다.

나를 바라보는 비서의 눈초리가 날카로웠다.

그들이 나가고 나자 후끈한 열기가 속에서 올라와 목이 타는 듯했다. 종업원에게 수박 한 접시를 시켜 타는 목을 식혔다.

티엔이 건넨 사각형의 종이를 폈다.

우정호텔의 특실 열쇠가 종이에 곱게 싸여 있었다.

작은 메시지도 있었다.

"베이징 올라오면 이 방을 이용하시오. 중국의 중심은 베이징이니까. 한 가지 주의할 것은 우리들의 경극에 이형우 작가를 조연으로 끼우시오. 주연은 나와 당신이지. 조연이 빠지면 재미가 없는 거요. 내가 원하는 건 팽팽한 긴장감이오. 우리 셋이 유럽으로 여행을 간다고 해도 긴장을 놓치면 안 돼요. 둘은 작가, 하나는 번역자 아니오? 당신이 주도적으로 이끌어요. 가끔씩 우리의 소설을 섞어요. 우리 소설 더러 비슷하지 않나? 국적은 다

185

르지만 같은 시대에 같은 날에 태어난 데다 필경 우리의 독서도 비슷할 텐데? 일부러 표절한 것은 아니지만 우리 작품은 표절 비슷하지 않나? 그럼 우리의 소설을 혁명적으로 번역하란 얘기지. 원래 소설 방식의 혁명이 가장 매력적인 법이오."

나는 사각형 열쇠카드를 종이로 접었다. 그리고 노트북 가방의 주머니에 종이로 접은 열쇠를 집어넣었다. 공허한 눈길로 벽면을 둘러보았다. 말을 타고 황야를 향해 달려가는 여전사의 모습이 새삼 눈을 자극했다.

노트북을 열었다. 무선 인터넷으로 메일 박스를 열었다.

편지를 썼다.

"베이징 작가 주석 티엔이 우리에게 유럽 여행을 제의하는군요. 그는 황제 같은 권력과 명성을 지녔는데도 많이 외로운 모양입니다. 혼자서 거울을 보고 외로움을 달래는 것이 가장 효과적인 방법이라고 제가 설명했지만 티엔은 그렇지 않다고 하는군요. 그는 우리 셋이서 같이 유럽 여행을 하자고 합니다. 상대방을 통해 외로움을 달래려는 그의 방법론이 거추장스럽게 느껴지지만 선생님의 작품을 여기 중화에 심자면 그의 제안을 받아들여야 한다는 생각이 들기도 합니다."

편지를 썼지만 보내지 못하고 임시저장을 해 둔다. 휴대폰 벨이 울렸다.

티엔이었다.

"한마디 더 하겠소. 이형우의 부인은 동행하면 안 된다고 하시오. 우리 셋의 스캔들이 중요하지. 그래야 우리들의 텍스트에 시장성이 붙지."

"원하는 게 시장성인가요?"

"에, 에, 에 시장성? 그건 장난이고. 형이상학적 연애를 하자는 거요."

나는 알았다며 전화를 끊었다. 갑자기 눈앞이 어두워지기 시작했다. 종업원이 식당의 유리창에 검은색 커튼을 드리우고 있었다. 실내가 캄캄해지자 식당 중앙의 무대가 환하게 열렸다. 경극이 시작되고 있었다. 화장을 짙게 하고 가면을 쓴 경극 배우의 연기가 국화차 같은 향기를 풍기며 내 시선을 매료시켰다. 나는 노트북 속에 내장된 마이크를 열어 놓고 경극 배우가 뱉어 내는 아, 아, 아 소리를 담았다. 의미는 중요하지 않았다. 그냥 아, 아, 아, 아 소리가 나의 감각기관을 타고 심장을 때렸다.

8

커피숍에 앉아 작업을 하고 있는데 전화벨이 길게 울렸다.
티엔의 비서였다.

"베이징에 한번 올라오실 수 있을까요?"

"무슨 일이죠?"

"다시 병원에 입원하셨거든요."

나는 알았다고 대답하고 전화를 끊었다. 베이징 문단 사회에
알려진 그의 병세는 심각했다. 중앙당의 실세가 되느니 자살하
겠다는 말을 하고 쓸모없는 책들을 수북이 모아 태웠다고 한다.
만리장성 지하 벙커로 숨어들어 고서적들을 불 질렀지만 그의
주변에 포진되어 있는 사단 같은 친구들 때문에 그를 건드리지

못하고 있었다. 고서적을 불태운 사건은 쉬쉬하다가 며칠 만에 잊혀졌다. 어차피 지하 벙커는 티엔의 졸개들이 구석기시대의 언어를 복원하는 장소였으므로 중앙 정부에서는 통쾌하게 생각했다.

노트북을 열고 베이징으로 올라가는 고속열차를 예매하고 있는데 내 맞은편 테이블에 앉은 연인이 긴 키스 끝에 키들키들 웃는 소리가 들렸다. 그들의 진부한 대화가 내 귀로 스며들었다.

"여자 있다며?"

남자의 혀끝에서 끈끈한 침이 감도는 듯했다.

"정리했어."

여자는 냉소적으로 대답했다.

"계속 만나. 섹스만 하지 않는다면 나에게 긴장감을 주니까. 그냥 연애해."

"솔직하게 말할게. 난 더 이상 네게 성적 매력을 못 느껴. 너는 뭐랄까, 마녀 같거든."

여자는 팔딱 일어서더니 두 손에 얼굴을 파묻고 커피숍을 나섰다.

나는 마치 여자를 아는 사람인 것처럼 뒤를 따라나섰다. 빠르게 내 앞에서 걸어가던 여자는 커피숍 바로 옆에 있는 편의점으로 들어갔다. 나는 지나가는 택시를 잡기 위해 거리에 우두커니 서서 그녀가 들어간 편의점을 응시했다. 편의점 출입문의 종소리가 들리더니 안으로 들어갔던 여자가 바깥으로 나왔다. 여자의 손엔 작은 고량주 병이 들려 있었다.

그때 마침 택시 한 대가 경적을 울리며 내 옆으로 다가왔다. 택시 뒷자리에 앉았는데 눈이 자연스럽게 플라타너스 가로수 쪽으로 쏠렸다. 여자는 가로수에 기댄 채 어두워지기 시작하는 하늘을 바라보고 있었다. 택시가 막 출발하는 순간 여자가 오른손에 들고 있던 고량주 병을 공중으로 치켜들어 자기 얼굴에다 부었다. 여자의 목에서 뚝뚝 떨어지는 술 방울이 피처럼 내 얼굴로 튀는 듯했다. 나는 자동차 등받이에 기대 낡은 영화를 바라보듯 그녀의 행동을 잠시 주시했다.

택시는 이내 속력을 내며 상하이 역으로 출발했다. 그러나 10분도 달리지 못하고 택시는 거북이처럼 걸었다. 새롭게 단장한 왕소군백화점에서 폭죽이 요란하게 터졌다. 폭죽 터지는 왕소군백화점 거리는 미사일 떨어진 전쟁터처럼 혼잡했다. 사람과 자동차들이 뒤엉킨 거리를 지나며 택시 기사는 나팔수처럼 경적을 연달아 울렸다. 나는 택시 안에 앉아 반사적으로 창문을 열고 사방을 돌아보았다. 어딘가에서 피 냄새가 낭자한 듯했기 때문이다. 그 순간 내 눈에 들어온 것은 왕소군백화점에서 공중으로 날려 보낸 수백 송이의 풍선이었다. 풍선 끝에는 이런 글씨가 매달려 있었다. 왕소군백화점 개장 1주년 기념 행사 – 노트북 90퍼센트 할인 판매.

무한대로 싼값에 방출하는 노트북을 생각하니 그 자리에서 내려 왕소군백화점 안으로 들어가고 싶었다. 그러나 참았다. 베이징으로 올라가는 초고속열차를 타자면 할인 판매되는 노트북을 구경하고 싶다는 욕구를 잠재워야 했다.

택시는 상하이 역으로 내달렸다.

베이징 역에 도착했을 때는 다음날 이른 새벽이었다. 상하이 역에서 고속기차를 타면서 수면제를 두 개나 먹은 탓인지 베이징 역사에 내린 뒤에도 눈이 가물거렸다. 1층 출구로 빠져나오는데 발을 땅에 디딜 수가 없었다. 한 무리의 인파가 한꺼번에 비비적거리며 출구를 빠져나오는 행렬은 새까만 초콜릿이 굴러다니는 모습 같았다. 나 역시 초콜릿 상자 곽에 끼어 있는 한 덩어리의 과자토막처럼 인파 속에 끼여서 또 다른 누군가의 입 속으로 기어들어가는 것 같았다. 기차에서 내려 광장까지 가는 동안 내 의지대로 발을 땅에 딛지 못했다. 완전히 누군가의 입 속으로 떠밀려 가는 한 조각의 과자였다. 광장을 지나쳐 지하철역으로 걸어가고 있는데 열댓 살의 소녀가 내 팔을 붙잡았다.

"행복을 팝니다. 행복 사세요."

행복이라고 쓴 붉은 종이 한 장을 내민 채 내 옷소매를 붙잡는 소녀의 손아귀 힘은 강하고 집요했다. 그녀의 손을 뿌리치고 몇 발짝 발을 뗐지만 소녀는 달려와 내 앞을 가로막았다. 하는 수 없이 가격을 물었다. 100위안이라고 했다. 종이 한 장에 무슨 100위안이냐고 물었더니 소녀는 깎지 말고 제값에 사야 행복이 찾아온다는 말을 대들듯이 당차게 말했다. 나는 소녀가 손에 거 머쥔 행복을 샀다. 붉은 종이 한 장을 손으로 쥐어 잡고 지하철 입구로 걸어가는데 손아귀에 잡힌 행복이 사람들의 틈바구니에 끼어 내 발걸음을 가로막았다. 지하철 입구에서 행복 종이를 사 각으로 접어 노트북 주머니에 넣었다. 지하철 에스컬레이터에 막 발을 들여놓는 순간 전화벨이 울렸다.

그의 비서였다.

"기다리시면 차를 갖고 나가겠습니다."

"그럴 필요 없어요. 면회는 자유로운가요?"

"병원 와서 전화 주세요. 일반적으로 가족이 아니면 면회가 안 되지만 예외적으로 만나 보실 수 있을 겁니다."

그의 비서가 먼저 전화를 끊었다. 에스컬레이터를 타고 지하 승강장으로 내려오는 동안 몇 번이나 행복을 꺼내 글씨를 처음 배우기 시작한 아이처럼 읽어 보았다. 행복은 한순간 내 얼굴을 덮치는가 싶더니 에스컬레이터가 승강장에 닿는 순간 달아나 버렸다.

수도병원 정신과에 도착하자 아침 아홉 시였다. 수도병원은 언제나처럼 사람들로 넘쳐 났다. 9층 동쪽 병동에 자리를 잡은 정신과 입원실 벨을 누르고 있는데 까만 정장을 한 사내가 환자복을 입은 여성의 등 뒤에서 다그치는 모습이 보였다.

"병원이 더 편하다고? 이 감옥이 더 편해?"

환자복을 입은 여성은 한눈에도 눈동자가 불안해 보였다. 여성은 고개를 끄덕거렸다.

"대체 멀쩡한 집을 놔 두고 정신병원이 더 편하다니, 말이 되냐고?"

그러자 여성은 옹알이를 하듯 중얼거렸다.

"최소한 여기는 친구가 있으니까⋯⋯."

"미치겠네. 내가 돌아 버리겠어."

사내는 이렇게 말하면서도 여성을 앞세우고 병동의 벨을 눌렀다. 육중한 철문이 열리면서 헌병 같은 남자 간호사가 고개를 내밀었다. 사내와 환자복을 입은 여성은 병원 출입이 잦은 듯 특별한 검열 없이 이내 안으로 들어섰다. 나도 따라 안으로 들어서려고 하자 남자 간호사가 저지했다.

"누구 면회를 오셨는지 모르겠지만 신분증부터 보여 주세요."

나는 시민권을 내밀고 작가 티엔을 찾아왔다고 말했다. 남자 간호사는 내 시민권을 앞뒤로 몇 번이나 뒤집어보다가 기다려보라는 말을 남기고 안으로 사라졌다. 철문 입구에 서서 출입금지 데드라인이 그어신 노란 선을 바라보고 있는데 환자복 차림의 뚱뚱한 사내가 데드라인 위에 서서 내게 손짓을 했다.

"과자 줘! 내가 사 달라고 했잖아."

나는 과자가 없다는 표시로 어깨를 으쓱거렸다. 사내가 데드라인을 건너서 내 앞으로 바투 다가와 내 어깨를 붙잡았다.

"배가 고프다고. 나는 배가 고프단 말이야."

그때 마침 헌병 같은 남자 간호사가 잰 걸음으로 달려와 눈을 부라렸다.

"병실로 들어가. 나오지 말고. 이 선을 넘으면 독방에 감금한다고 했지?"

독방이라는 말에 사내는 슬금슬금 뒷걸음질을 쳤다. 남자 간호사는 내게 시민권을 내밀면서 들어오라고 했다. 남자 간호사의 뒤를 따라 내가 안내된 곳은 면회 대기실이었다. 대기실 안에는 딱딱한 의자 두 개와 직사각형의 테이블이 놓여 있었다. 사방이 하얗게 칠해진 벽은 으스스한 느낌이 들 정도로 정갈했다. 의자에 앉아 정신을 한군데 집중하려고 했지만 정갈한 분위기에 취해 눈이 감겼다. 피로 탓일까? 눈을 감고 있는데 눈자위가 따가워지면서 한줄기 눈물이 흘러내렸다.

노크하는 소리가 들렸다.

그는 수형자 같은 옷을 입고 면회실 안으로 들어섰다. 그러나 옷만 수형자 같았을 뿐 매너 있게 손을 내밀어 악수하는 자세는 여전했고 특별한 영감을 얻으려고 일부러 입원한 사람처럼 즐거워 보이기도 했다.

"여기까지 찾아오느라 고생 많았어요. 보고 싶어서 내가 일부러 불렀어요."

그는 의자에 앉더니 목소리에 힘을 주었다.

"알코올이 영감을 주는 모양이에요?"

"이번에는 알코올 때문만은 아니오. 착각 증세가 생겨서 원숭이처럼 옷을 벗고 베이징 시내를 달렸더니 강제 입원시켰네. 착각이 아니라 너무 현실적이야. 당신이 중화 국적으로 바꾸고 내 사람이 되었더군. 우리는 만인 앞에 부부라고 선언을 했단 말이오. 내게도 아내가 있다고 했지 않소? 내가 껍데기 아내에게, 나는 버지니아 울프 선생하고 결혼한 몸이니 더 이상 내 공간에서 얼쩡대지 말라고 했더니, 나의 비서와 함께 이 병동에 입원시켰소. 본인의 입으로 한번 말해 보시오. 혹시 국적 바꾸고 나와 결혼하지 않았나? 내겐 분명히 그렇게 보이던데! 환상이었다는 말이오? 우리의 결혼식 장면까지 똑똑히 보였어. 내 껍데기 아내와 이형우가 들러리를 섰지. 너무나 선명한데, 부인할 거요?"

나는 뭐라고 말을 할 수가 없었다. 그의 표정은 진실했고 절박했다. 그러나 중요한 것은 내가 국적을 바꾼 일도 없고 그와 결혼식을 올린 일도 없다는 것이다. 물론 중앙당에서 그를 입원시켰을 수도 있다. 그를 추종하는 세력이 많아지면서 상대적으로 미워하는 세력도 늘었고, 그 때문에 쥐도 새도 모르게 병원에 입원이 되기도 했다.

"오늘은 왜 이형우 작가를 동반하지 않았소?"

"언제는 동반했나요?"

"끌고 다니잖소?"

그때 거미 한 마리가 허공에서 낙하했다. 그는 거구를 흔들거리며 일어나더니 손을 휘휘 저어 거미줄을 거두어 버렸다. 줄에서 벗어난 거미는 테이블 위에 떨어져 버둥거렸다. 그는 거인 같은 손바닥으로 버둥거리는 거미를 꾹 눌렀다.

"오늘 아침에는 죄 없는 거미 한 마리가 단두대에 올랐군. 이형우 작품을 바라보는 중화인민공화국 문단의 시선이라는 게 단두대 같은 것이오. 중국 문단의 거물급 사내들은 일상의 지루함을 달래기 위해서는 무슨 짓이든 할 수 있거든. 마오쩌둥 주석의 어록만 끼우는 게 아니라 《전등신화》도 끼우고 《서유기》도 끼우지. 당신은 몰랐겠지만 《삼국지》도 끼우는걸. 끼우는 거요, 이렇게."

그는 손가락으로 테이블에다 '촨'(串)이라는 글씨를 썼다. 그 것은 마치 중국 대륙을 나누어 꼬치구이를 해 버린다는 의미로 나의 뇌리에 인식되었다.

자리에 앉은 그는 눈을 감은 채 상념에 젖었다. 나는 의자를 뒤로 젖혀 벽에 기댔다. 고개를 벽에 살짝 붙였다가 정면을 바라 보았다. 똑같은 동작을 몇 번이나 반복하며 고개 운동을 했다. 5 분간 고개 운동을 했을까? 면회실의 하얀 벽이 노랗게 보일 즈 음 그가 입을 열었다.

"당신이 이미 내 아내가 되었다는 말을 믿지 않는군. 내 아내 가 되지 않으면 중앙당에서도 의심을 할 거란 얘기야. 내가 당 신과 결혼을 해야 소박한 민중으로 살아갈 거라고 믿겠지. 그렇 지 않으면 향후 중앙당의 실세가 되거나 정치인이 될 거라 짐작 하고 나를 이런 방식으로, 미치광이 방식으로 제거할 거란 얘기 지. 저기 병동 깊숙이 들어가면 통곡의 벽이라고 있는데, 거기서 펑펑 울다가 하늘을 쳐다보면 통 유리창 스크린이 보이지. 내가 당신 손을 잡고 결혼식장 안으로 들어가는 거야. 혹은 장례식일 수도 있어. 하여간 나는 당신과 나머지 일생을 같이 살다가 죽을 때는 같이 죽을 거야. 정해져 있는걸. 하늘이 정해 준 운명이야. 운명을 받아들여."

"통곡의 벽이 있다고 했죠? 나도 그 벽을 볼 수 있어요?"

"안 되지. 이 병원 환자들만 이용 가능하오. 통곡의 벽을 잡고 실컷 울고 나면 시원하더군. 당신은 서러우면 어디서 우는 거요? 운다는 것은 감정의 징화니까 주기적으로 필요하지. 자주 울지?"

나는 소리 내 울지는 않았다. 누가 보는 앞에서는 항상 해사하게 웃었다. 내가 우는 곳은 상하이도서관 노트북실이었다. 노트북 충전기를 콘센트에 꽂고 작업을 시작하려는 순간 눈에서 폭포 같은 물이 흘러내려 뺨을 적시고 목을 타고 내려서 결국 노트북 바탕화면을 적셨다. 그러나 옆에는 작업하는 사람들이 다닥다닥 붙어 있었고, 상하이도서관에는 통곡의 벽도 없어서 그저 입을 꼭 다문 채 고개를 푹 숙이고 하염없이 눈물을 흘렸다. 간혹 옆자리에 앉은 사람이 쿨룩쿨룩 기침을 하며 주의를 줄 때도 있었는데, 그런 때면 눈물이 번지르르한 얼굴을 두 손으로 가리고 화장실 안에 들어갔다. 상하이도서관 화장실 변기에 앉아 눈물을 그치려고 입을 꽉 다물었다. 그러나 눈물이 그치기는커녕 고개가 앞으로 꺾어지면서 온몸이 신열로 들뜨는 순간처럼 진저리를 치며 통곡이 나왔다. 그러나 소리는 내지 않았다. 화장실은 통곡을 할 수 있는 장소가 아니었고, 나는 오열을 진정하고 바로 달려 나가 작업을 해야 하는 운명의 소유자였다.

"마음대로 울지도 못할 만큼 자기 감정을 속이고 사나? 왕소

군이 되어 주시오. 이형우는 그냥 내버려 두고. 어차피 그 양반
의 텍스트나 번역해 주면 되지, 뭐."

"셋이 나란히 교제하는 건 어때요?"

"음. 내 기억 속의 당신은 내 아내였소. 질긴 운명들이군. 얽
히고설키고, 우리 셋이 자는 문제는 상상으로 처리합시다. 당신
은 번역이나 하시도록."

"큰 선물 주시네요."

그는 다시 자리에서 일어나더니 팔짱을 낀 채 어슬렁거렸다.
어슬렁거리는 그의 체구는 자리에 앉아 있을 때보다 두 배는 커
보였다. 한순간 팔짱을 낀 그가 면회실 벽에 머리를 짓찧었다.

"왕소군이 되라니까. 왜 말을 듣지 않아? 이형우에게서 벗어
나지 못하면 당신은 오대양육대주를 날아다닐 수가 없어. 벗어
나. 벗어나서 동등한 입장으로 우리 셋이 만나요. 그래야 당신의
자아가 비로소 숨을 쉬지."

벽에다 머리를 찧으면 벽이 우는 소리가 들리는 게 아니냐며
그를 달랬다. 그는 동작을 멈추고 핏빛 어린 눈으로 나를 바라보
았다.

"번역해도 출간 안 되는 이형우의 책은 내가 찍어 줄 테니까,
출간되는 순간 전국 도서관에 진열합시다. 아니면 열댓 권만 이
형우에게 건네주고 전국 대학의 도서관에 진열합시다. 이형우

책은 지식분자들이 이해할 거요. 나야 자식분자 축에도 들지 못하지. 그러나 이형우는 진정한 지식분자 아니오? 우리나라 대학원들이 지식분자의 책을 얼마나 좋아하는지 당신도 잘 알지 않소?"

"정말 도서관에 진열시켜 줄 거예요?"

"물론이오."

내 가슴에 그대를 묻지요.

민들레꽃 속에 그대를 묻지요.

감꽃 속에 그대의 미소를 묻지요.

길을 지나던 소금장수가 비웃고

길을 지나던 방물장수가 웃고

오래된 친구가 웃어도

내 가슴에 그대를 묻지요.

비 오는 날 우리 자주 만나던 그 카페에서

제 목소리 들리면

새가 우지짖는구나 여기십시오.

눈 오는 날 그 식당에서

제가 밥 먹는 소리가 들리면

환청이구나 여기십시오.

여기, 이승에서 나란히 앉아 커피 한 잔 들 수 없으면
저승으로 가면 되지요.
저승과 이승의 중간계에다 무지개로 다리 하나를 만들어
그대 기다리지요.

나는 열 손가락을 쫙 뻗어 나의 이목구비를 거머리처럼 꾹꾹
꾹꾹 눌렀다. 그때 면회실 문이 열리는가 싶더니 남자 간호사가
들어섰다.

"면회 시간 끝났습니다."

남자 간호사가 팔을 부여잡자 그는 뿌리치고 일어났다. 병실
쪽으로 걸어가던 그가 고개를 휙 돌려 나를 바라보았다. 그는 입
을 쩌억 벌리고 웃었다. 그리고 쩌억 벌린 입으로 면회실 맞은편
벽을 깨물어 댔다. 마치 세상을 깨무는 늑대 같았다. 하지만 하
얀 벽면은 깨지지 않았고 그의 입안으로 들어가지도 않았다. 연
달아 그는 면회실 입구의 공기를 물어뜯는 시늉을 했다. 남자 간
호사가 팔을 부여잡자 그는 팔뚝을 물어 버렸다.

그의 동작에 따라 움직이는 로봇처럼 나 역시 이빨을 드러내
고 양쪽 팔뚝을 물어뜯었다. 그리고 면회실 공기를 물어뜯으려
고 이빨을 허공에다 내밀었을 때 배터리 떨어진 눈동자에서 핏
빛 같은 물기가 맺혀 코, 귀, 입가로 번져 소용돌이를 이루었다.

9

아침 일찍 상하이도서관으로 가고 있는데 거리 전체가 하얀 안개에 뒤덮여 있어 구름을 타고 이동하는 기분이었다. 작업실에서 도서관까지 걸었다. 한 시간 이상 걸렸지만 무작정 걸었다. 등에 짊어진 노트북 가방을 툭툭 두들겨 가며 안개의 무더기에 발을 들여놓고 있는데 자전거 페달소리가 들렸다.

"어디 가세요?"

자전거를 세우고 내 턱 밑으로 고개를 디민 것은 안마시술소의 안마사 하오(好)였다. 나는 주기적으로 안마시술소를 찾아가 몸을 풀곤 했다. 그러나 베이징에 다녀온 뒤 근 한 달 동안 나는 두문불출했다. 작업도 진행하지 못하고 매일같이 중국 고전을 들추며 서예를 했다. 그러나 어려운 내용은 눈에 들어오지도 않았고 글씨도 쓰이지 않았다.

"왜 발걸음이 뚝 끊겼어요?"

하오는 거리 유지가 가능한 안마사였지만 간혹 한인 사회의 아녀자들처럼 너무 친근하게 굴었다.

"좀 바빴어요."

"그거 두들기는 일 때문에?"

그녀는 내 노트북을 가리켰다. 나는 그렇다고 대답했다. 티엔이 보내오는 메시지에 감정이 실려 있어 적절한 대답을 해 주는 일로 바빴다. 그것은 번역보다 어려웠다. 티엔은 이제 자기 집으로 돌아가 죽은 듯이 살아갔다. 이메일은 자주 교환했다. 감정은 숨기고 고도로 절제했다.

이형우에게선 간혹 전화가 걸려왔다. '잘 있지? 나야 잘 있지. 밥은 제때 먹고? 운동은 하나? 아, 좀 바빠. 나중에 전화할게.'

그는 아주 짧게 통화를 하고 전화를 끊었다. 분명 아내가 옆에서 듣고 있는 듯했다. 그는 내가 걸어 대는 전화를 제대로 받지 않았지만 나는 쉴 새 없이 전화를 걸었다. 목소리라도 듣지 않으면 견딜 수 없는 순간들이 있었다.

나는 작업하기에 바빠 안마시술소를 찾을 시간이 없었다고 둘러댔다. 그것이 남루한 나의 정신 영역으로 건강하게 침범하는 그녀의 관심을 방어하는 유일한 길이었다.

그녀는 손을 뻗어 내 어깨를 만지작거렸다.

"마사지 받지 않으면 어깨가 뭉쳐서 못 써요. 당신 어깨를 나만큼 잘 아는 사람이 있을까? 당신 어깨 상태는 지금 딱딱한 나무토막 같아. 적당한 때에 풀어 주지 않으면 몸에 뼈가 박힌 것처럼 아파요. 내가 꼼꼼하게 마사지해 줄 테니까 오늘 저녁에 우리 가게로 와요. 알았죠? 안 그러면 걸어 다니는, 책으로 만든 침대가 된단 말입니다."

나는 고개를 끄덕였다. 그녀가 반대편 어깨를 만지려고 할 때 나는 몸을 뺐다.

"어디 가요?"

"한국 성형외과 개업식에 가는 길인데요. 인민광장 건너편에서 개업 기념으로 오늘은 50퍼센트로 시술해 준다고 해요."

하오가 경영하는 안마시술소에는 상하이 외국인 사회 아녀자 회원이 많았다. 미국, 프랑스, 러시아, 일본, 독일, 영국, 이탈리아 여인들이 주 고객이었지만 요즘은 네덜란드 여인도 적지 않게 얼굴을 내밀었다. 안마시술소에 오면 그들은 머리를 맞대고 하루 종일 떠들었다. 거기에는 내 사생활에 대한 냉정한 평가도 빠지지 않았다. 때때로 고객이 많은 날이면 나는 외국인 여성들과 벌거벗은 채 나란히 누워 안마를 받았다. "외국인 사교클럽에 고개를 내밀어요."

"중국 문인들과 연애한다죠? 비결이 뭐예요?" "요즘은 중국 남자가 대세라니까" 나는 목관 같은 안마용 침대에 엎어져 꼼짝하지 않았다. 내가 아무런 반응을 보이지 않는데도 그들은 한참 수다를 떨며 내게 관심을 보였다.

"저기, 소설책으로 침대 만든다죠? 딱딱하지 않나요?"

나는 안마를 받던 도중에 벌떡 일어났다. 가운을 걸치고 안마실을 나가려는데 여전히 안마를 받고 있는 여인들이 다시 떠들어 댔다. "요즘은 일본 소설이 대세라지?" "요즘은 한국 소설이 대세야" "좀 촌스러워. 나는 우리 독일 소설이 좋아." "프랑스 소설이 최고야." "아냐, 우리 러시아 소설의 부활시대이지, 뭐."

그들의 건강한 관심이 귀에 화살촉처럼 와 닿자 고막이 터지는 듯 아렸다. 그것은 생래적인 고통이었다. 13억이라는 거대한 인구가 모여 사는 중국 땅에서 대다수의 외국인들은 외국인 그룹을 형성해 건강한 소통을 하고 살았다. 하지만 나는 익명의 존재로, 13억의 이방인으로, 고독을 등에 짊어지고 살아갔다. 그들처럼 건강하게 소통할 수 있을 때 내 귀에서 잔잔한 음악이 울려 퍼진다면, 나도 용기를 내 외국인 사교클럽의 일원으로 살아갈 수 있을 것이다. 하지만 너무 치열하고 건강해 보이는 소통은

내 귀에 소음으로 들렸다. 굳이 외국인 클럽 사회만이 아니라 중
국인 사회도 마찬가지였다. 그렇게 살면 고독하다는 타인의 평
가는 적절하지 않았다. 건강하게 타인과 소통하지 못하는 나는
스스로도 고독하다는 걸 인정했다. 그런데 나의 내장에 들러붙
은 고독을 치유하기 위해 건강한 사람들과 함부로 소통할 수는
없었다. 나는 나일뿐, 무수한 타인일 수는 없었다.

"크게 바쁜 일 없으면 나랑 성형외과 가지 않을래요?"

하오는 내 팔을 잡아끌었다.

"고칠 데가 어디 있어요? 충분히 아름다운 걸요."

그녀는 얼굴을 붉히면서 자꾸 내 팔을 잡아당겼다.

"남자친구가 가슴이 작다고 수술하라는 거예요. 예약만 하고
바로 나올 거니까 같이 가요. 한국 사람이 차렸대요."

나는 고개를 끄덕였다. 이형우의 아내가 차린 병원이었다.

"아뇨. 상하이도서관에서 일을 좀 해야 해요."

"그럼 하는 수 없죠. 뭐, 다음에 시간 날 때 같이 가요."

알았다고 대답하자 그녀는 자전거에 발을 얹은 뒤 씩씩하게
페달을 밟았다. 그녀가 시야에서 사라지자 나는 노트북이 들어
간 배낭 끈을 부여잡고 달리기 시작했다. 운동화는 자전거 페달
같았고 지면은 내게 다가오는 가파른 오늘의 숙명이었다. 오늘
의 숙명은 낯가림이었다. 외국인 사교클럽에 쉽게 얼굴을 내밀

지 못하는 나의 독특한 낯가림 증세를 다시 한 번 목격하고, 소화해야 했다. 등에 노트북 가방을 짊어지고 울퉁불퉁한 보도블록을 달려가는데도 자전거 페달 같은 운동화는 속도를 멈추지 않았다.

상하이도서관 입구에 도착해 한숨을 돌리는데 전화벨이 울렸다. 마라톤 경주를 완주한 나는 숨을 세차게 몰아쉬었다.

티엔의 전화였다.

"무슨 다급한 일이라도 있어요? 숨을 몰아쉬네."

"좀 달렸거든요. 집에서 상하이도서관까지."

"베이징 올라와서 같이 역사박물관까지 마라톤합시다. 지난번에 면회 와 주어 고마웠소."

그제야 정신이 든 나는 언제 퇴원했는지 물었다. 그는 이미 퇴원한 지 3주나 되었다고 말했다.

"다음달에 《이형우전집》이 출간될 거요. 내가 좀 서둘렀지. 당신의 그 열정에 감탄했거든. 다음 달에 베이징으로 올라오시오. 노예해방 선언도 하시고. 베이징 올라와야 노예해방이 되는 것 아니오? 이형우의 노예! 부인할 테오?"

"중앙당의 볼펜이 되세요. 그럼 제가 티엔의 노예가 되어 드릴게요."

"어림없는 소리! 내가 진심으로 중앙당의 실세가 되기를 바라지도 않을 뿐더러 감히 나의 노예가 될 수 있겠소? 그대 마음은 이형우에게 묶여 있던걸. 누가 뭐래도 당신은 이형우의 노예요."

한순간 나는 눈앞에 아른거리는 그 노예의 환상을 지울 수가 없었다. 만리장성을 쌓느라 15년간 부역을 해야 했던 노예는, 행복의 아우라 때문에 노동을 했다. 돌과 돌 사이에 찹쌀풀을 바를 때, 혹은 15년간 화강암을 등에 짊어지고 산등성이를 오를 때, 노예는 행복했다. 아무 생각 없이 그저 행복했다. 정작 15년간 노역생활을 끝내고 집으로 돌아갔을 때 그는 행복하지 않았다. 너무나 오랫동안 집을 떠나 있었던 탓에 그의 아내는 고독을 머리에 이고 고독을 팔러 다니는 행상장수가 되어 있었다.

"다음 달에 저자도 함께 베이징으로 가는 거죠?"

"당연히 데리고 와야지. 질투하지 않는다면 중국 여자도 소개할 생각이오. 여기저기 엮어 봅시다. 그 친구 아마도 당신하고는 일정한 거리 유지를 하며 걷겠지만 중국 여자 소개하면 금방 잠을 잘걸. 원래 그런 것이지. 질리지 않는 연인을 만들고 싶은 거야. 두 사람 다. 십일면관음보살상의 거울이잖소? 아니요? 자기애에 빠져 타인과는 거리 유지를 두려고 하지."

"누구 소개해 주는 것도 나쁘지 않아요. 누굴 소개해 주려고요? 배우예요?"

나는 감정을 조율할 줄 아는 노련한 배우처럼 목소리를 낮추었다.

"배우는 무슨! 우리가 최고의 배우들인데! 옌이오. 잉숑의 애인이지. 그녀를 당신의 정인에게 소개하리다."

잘 알겠다는 인사를 남기고 내가 먼저 전화를 끊었다. 상하이도서관으로 가기 위해 언덕을 오르는데 화단을 뒤덮은 노란 유채꽃에서 봄이라는 언어가 샘솟았다.

상하이도서관 3층 열람실로 가기 위해 엘리베이터 입구에서 있던 나는 발길을 돌려 기념품 가게로 들어섰다. 기념품 가게 한쪽에는 도장을 파는 아저씨가 한 사람 앉아 있었다. 나는 네모진 돌을 하나 골라 아저씨에게 내밀었다. 그는 무슨 글자를 새길 거냐고 물었다. 작가 이형우의 한자 이름을 쪽지에 적어 새겨 달라는 부탁을 하고 한쪽으로 비켜선 채 휴대폰을 들었다. 때마침 기념품 가게의 텔레비전에서 맨발로 아시아를 반 바퀴 돌았다는 마라톤 선수가 소개되고 있었다. 카메라 렌즈가 선수의 맨발에 클로즈업되자 시커먼 피멍이 든 발바닥이 보였다. 발바닥에 주렁주렁 매달린 고름을 바라보고 있자니 눈앞이 아득해지면서 머리가 터지는 것처럼 아팠다.

도장 가게 아저씨가 그의 이름이 새겨진 도장을 내밀었을 때 나는 비로소 정신이 들었다. 도장을 받아 노트북 가방 주머니에 넣은 뒤 휴대폰 번호를 눌렀다.

신호가 한참 울리고 나서야 그는 전화를 받았다.

"선생님, 저예요. 어디세요?"

"일본 동경에 잠깐 와 있어. 무슨 일이지?"

나는 상하이도서관 기념품 가게를 벗어나 다시 열람실로 올라가는 엘리베이터 앞에 섰다. 엘리베이터를 타려는데 사람이 너무 많았다. 비상구 계단 쪽으로 걸어가 계단을 하나씩 밟기 시작했다.

"선생님 전집이 다음 달에 출간된대요."

그의 목소리는 오리나무를 쪼는 딱따구리처럼 딱딱했다.

"수고 많았어."

"영화 찍어 준대요."

"그건 농담일 거야. 다른 용건은?"

베이징에서 출판기념회를 열자는 얘기가 있더라는 말을 했더니 그는 아까보다 더 딱딱해진 목소리로 말했다.

"그래? 아내도 함께 갔으면 하는데. 나 혼자선 움직이기 나빠. 이해하지?"

나는 손가락 끝이 떨렸다. 전자파가 손가락 끝을 파먹은 탓일까? 당황하면 손가락 끝이 떨렸다. 옆구리에 끼운 노트북에다 손가락을 문지른다. 떨리던 손가락이 다소 진정이 되는 느낌이었다.

"같이 오셔도 좋지만, 이번에는 혼자 나오시면 안 되나요? 티엔이 재미있는 제안을 했거든요."

국제전화 속에서 침엽수가 우우 울어 대는 소리가 들렸다. 침엽수는 긴긴 세월 동안 내 귓전을 후려치며 사시사철 울어 댔다.

"무슨? 유럽으로 셋이서 여행하자고 했다며? 내 아내가 빠지면 나는 여행 갈 수가 없는데. 상상으로 처리하면 되겠지. 집착하지 말고. 매사에 정중동해."

나는 그가 뱉어 낸 집착이라는 단어 때문에 접착제가 붙어 버린 것처럼 입을 다물었다. 내 눈앞에는 15년간 화강암을 들었다가, 올렸다가, 내렸다가, 찹쌀풀에 붙였다가, 길바닥에 던져 버렸다가, 결국 철커덕 철커덕 철커덕 만리장성을 쌓고 만 노예의 집착이 어른거렸다. 한두 해는 집으로 돌아가 사랑하는 아내를 만날 생각으로 성곽을 쌓았다. 3, 4년이 지나자 돌 틈 사이로 피는 접시꽃과 민들레꽃이 너무도 예뻐 땅에다 시를 적는 재미로 견뎠다. 5, 6년이 지나자 화강암을 들어 올리는 순간마다 묵직하게 느껴지는 인생의 무게 때문에 견딜 수 있었다. 7, 8년이 지나자 척박한 언덕에 쌓아 올린 화강암이 저녁만 되면 비파 뜯는 소리로 울어 대는 바람에 그것들을 달래느라 시간을 때웠다.

9, 10년이 되자 돌과 돌 사이 찹쌀풀에 찍힌 자신의 손바닥을 들여다보는 재미로 세월을 보냈다. 11, 12년이 넘어가자 돌은 돌이 아니라 언어였고, 먼지는 먼지가 아니라 신새벽에 화강암에 비춰는 달이었다. 13, 14년이 지나자 비상하는 용의 자태로 성숙해진 텍스트를 등에 짊어지고 오대양육대주를 넘는 꿈을 꾸는 환상에 시달렸다. 15년째 되던 해 그는 만리장성 돌 틈을 비집고 그림 같은 글자를 새겨 넣었다. 15년간 사랑의 노예 생활을 해 오는 동안 나는 꼭 아홉 대의 노트북을 망가뜨렸다. 내 실력이 한심해서 노트북을 번쩍 들고 바윗돌에 부순 경우도 있었고, 마술 같은 상형문자에 길들여지지 않는 노트북의 한계에 넌더리를 느껴 축구공처럼 차 버릴 때도 있었다.

다시 국제전화 속에서 침엽수림이 울어 대는 소리가 들렸다. 한 계단씩 올라갈 때마다 쏴쏴 울어 대는 침엽수림의 비명은 치명적인 전투를 알리는 신호였다.

"마음을 다스려. 사람마다 각자의 업보라는 게 있잖아. 당신하고 나 사이에 책이라는 공통분모가 존재해. 그것이면 되었잖아. 더 이상 뭘 바래? 베이징 출판기념회에는 혼자 다녀와. 아내가 상하이에 성형외과 체인점을 냈는데, 시간 나면 거기도 가 보고. 타인의 입장을 헤아릴 때도 되었잖니? 이해하지? 밥 잘 챙겨 먹고. 귀찮아도 반찬도 해 먹고. 그렇게 해. 견디는 거다. 견디면 견딜 만하잖아? 베이징 출판기념회는 혼자 다녀와. 알았지? 나는 소설이나 쓸게. 그래. 고맙고." 목에서 단내가 났다. 눈물은 흐르지 않았다. 다만 마주 앉아 다시 한 번 밥을 먹고 싶었다. 밥상 앞에 앉으면 그는 항상 내 밥그릇에 반찬을 올려놓곤 했다. 언제 밥을 같이 먹을 수 있을까? 나는 어쩌면 왕소군이 되어 티엔의 곁으로 갈 수도 있는데, 언제 밥을 같이 먹을 수 있으려나. 아득했다. 책을 들고 뛰면 되는 것일까?

"알겠습니다. 베이징에 혼자 갈게요."

몸조심하라며 그는 전화를 끊었다. 나는 계단을 부지런히 올라갔다. 그가 3층 열람실 입구에 서 있기라도 한 것처럼 마라톤 자세로 성큼성큼 계단을 올라갔다. 1층의 계단을 다 오르고 2층으로 들어서는데 이마에서 땀이 흘러 눈을 찔렀다. 눈동자 안으로 스며들어 간 땀을 팔꿈치로 씻다가 상체가 앞으로 고꾸라졌다. 내 등에 매달려 있던 노트북도 타일바닥으로 나동그라졌다.

나는 타일바닥에 주저앉아 노트북 가방을 열었다. 노트북은 윈도우 화면이 쩍 깨진 채 자판이 툭툭 튀어나와 있었다. 튀어나온 자판을 원위치에 박아 넣고 나는 한참 동안 눈자위의 땀을 씻었다. 그리고 타일바닥에 무릎을 구부린 채 사선으로 깨진 모니터를 손으로 쓰다듬었다. 노트북을 정리해 배낭 안에 넣고 다시 등에 짊어졌다.

2층 계단을 올라가고 있는데 다시 휴대폰이 울렸다.

발신번호를 보니 그였다.

나는 전화를 받지 않고 계단을 오르는 발에 힘을 주었다.

이 소설은 자전적이다. 이 말은 트릭이기도 하다. 완벽한 자
전적 글을 쓰는 소설가는 없을 것이다. 특히 내 경우 자전적 소
설을 쓰는 척하면서 내가 겪은 세상 이야기를 문장과 문장 사이
에 슬슬 끼운다.

20년 동안 중국에 살면서 가는 곳마다, 사건을 목격할 때마
다 메모한 것을 토대로 이 소설을 썼다. 적지 않은 세월의 시간
과 정성이 들었다. 게다가 대부분이 허구인 이야기들을 자전적
형태로 바꾸자니 그것 또한 쉽지 않았다. 또 형평성에 문제가 있
다는 말도 들었다. 그러니까 중국 문단이나 중국 학계를 비난하
는 측면이 있다는 얘기였다. 한국 문단이나 학계도 문제가 많을
텐데 굳이 중국 문제를 전면에 내세운 이유가 무엇이냐는 중국
친구의 말을 듣고 씁쓸하게 웃어야 했다. 나는 결코 중국 문단이
나 학계를 비난하기 위해 이 소설을 쓰지 않았다. 중국을 사랑하
는 하나의 방법으로 이와 같은 글을 썼을 뿐이다. 중국을 사랑하
기 때문에 이 글을 썼으며, 자전적 소설처럼 개인사를 드러내고
있지만 어차피 허구 아닌가! 내가 겪은 인생을 허구의 방식으로

써 내려가자니 한국 풍경은 자연히 생략된 걸 어찌하랴!

중국 문제를 까발려 봐야 나는 그저 허구를 써 내려가는 한국 작가에 불과하다. 허구면서 자전적인 이 글을 써 내려가는 동안 고통스러우면서 행복했다.

중국 문단과 학계를 얘기하고 있지만 대다수의 모델은 사실 나다. 중국 작가나 학자들도 대부분의 모델이 나다. 나라는 존재가 아홉 대의 노트북을 껴안은 채 이 세상이라는 거대한 파도를 넘나들고 있다.

모든 소설은 자전적인 요소를 지닌다. 《아홉 대의 노트북》역시 자전적인 요소가 짙다. 허구가 아닌 사실적 요소가 다분한 것도 이 소설의 특징으로 읽힐 수 있을 것이다. 그러나 사실적 요소 같지만 허구에 바탕을 두고 있다. 그러므로 허구라는 수단을 최대한 활용하기 위해 사실에 가까운 기법을 활용하고 있다. 그게 이 소설이다.